FRANCESCA GORDONI

GENE EINER MÖRDERIN

DIE VERBLENDUNG

KRIMINALROMAN

novum pro

Dieses Buch ist auch als
e-book
erhältlich.

w w w . n o v u m v e r l a g . c o m

Bibliografische Information
der Deutschen Nationalbibliothek:

Die Deutsche Nationalbibliothek
verzeichnet diese Publikation in
der Deutschen Nationalbibliografie.
Detaillierte bibliografische Daten
sind im Internet über
http://www.d-nb.de abrufbar.

© 2022 novum Verlag

ISBN 978-3-99131-488-2
Lektorat: Volker Wieckhorst
Umschlagfotos: Carlo Dapino,
Releon8211 | Dreamstime.com
Umschlaggestaltung, Layout & Satz:
novum Verlag

www.novumverlag.com

Gedruckt in der Europäischen Union
auf umweltfreundlichem, chlor- und
säurefrei gebleichtem Papier.

Climate neutral
Print product
ClimatePartner.com/16547-2201-1002

I

Die ersten Sonnenstrahlen kitzeln in meiner Nase. Ich erwache langsam und spüre, wie mein Kopf dröhnt. Meine Decke habe ich rausgestrampelt, und ich versuche, sie mir mit meinen noch steifen Fingern zu angeln. Mit Mühe kann ich sie ins Bett zurückzerren. Ich igle mich ein.

Mit halb offenen Augen blinzle ich auf die zweite Hälfte meines Doppelbettes. Sie ist leer und kalt. Die Daunendecke liegt ordentlich zusammengefaltet auf dem unbenutzten Laken. Langsam krampft sich mein Magen zusammen, ein Gefühl, mit dem ich in den letzten Tagen leben lernte. Ich spüre, wie die Übelkeit in mir hochsteigt, der ich nicht entrinnen kann und derer ich auch nicht in der Lage bin, mich zu entledigen. Mein Bauch ist leer.

Vorsichtig betaste ich mit den Fingerspitzen meine Backen, meine halb geschlossenen Augenlider, mein Gesicht. Es fühlt sich alles aufgequollen und heiß an. Mein Kissen ist feucht und kalt. Ich muss im Schlaf geweint haben, wie jede Nacht seit damals.

Kraftlos richte ich mich auf, reibe mir die Augen und lasse mich wieder zurückfallen. Meine Gedanken kreisen um jenen Tag, der meinem Leben eine Wende geben sollte, die ich nie für möglich gehalten hatte. Kurze Momente tauchen in meinem Kopf auf. Erinnerungen, die mich frösteln lassen. Notrufnummer, Polizei, das traurige Gesicht des Notarztes, der Leichenwagen, das offene Grab, der Eiffelturm, Paris. Gänsehaut bildet sich auf meinen Armen. Der kalte Schauder, der mir über den Rücken läuft, ist unangenehm. Ich schüttle meinen Kopf, um all die Gedanken zu verscheuchen, und richte mich abermals auf.

Langsam steige ich auf den Vorleger, suche mit meinen Zehenspitzen nach den Pantoffeln, angle mir meinen Hausmantel vom Haken und streife ihn mir über. Vorsichtig stehe ich auf. Das Zimmer beginnt sich zu drehen. Wenn ich diese Schwindelanfälle doch nicht hätte! An der Bettkante suche ich Halt und schiebe mich vorsichtig hoch. Mit schlurfenden Schritten erreiche ich schließlich die Küche. Ein Kaffee wird mir helfen, auf die Beine zu kommen.

Es ist alles wie immer. Nichts erinnert hier an die vergangenen Tage. Die Vase mit dem getrockneten Strauß Rosen steht wie eine stumme Zeugin in der Mitte des Esstisches. Endlich ist meine Kaffeemaschine betriebsbereit, was sie mit einem lauten Gurgeln und Keuchen ankündigt, und ich kann mir mein morgendliches Lebenselixier zubereiten. Ich nehme meine Lieblingstasse – ein Mitbringsel von seiner letzten Reise vor seinem Tod –, blau und weiß mit einem roten Herz. In der Mitte steht „Je t'aime". Bis jetzt hatte ich nicht die Kraft, sie in den Müll zu werfen.

Er brachte sie mir aus Paris mit, meiner Lieblingsstadt, meiner zweiten Heimat. Auf meiner ersten Reise dorthin vor unzähligen Jahren hatte ich mich in sie verliebt. Besonders hatte ich immer den Frühling in Paris gemocht, mit den wunderbar duftenden Blumen in den Tuileries, dem zarten Frühlingswind, wenn er durch meine Locken fuhr, dem einzigartigen Geschmack der Croissants mit Café au lait zum Frühstück.

Er hatte mich gebeten, ihn zu begleiten, aber mein voller Terminkalender und mein Pflichtbewusstsein hatten es nicht zugelassen. Jammerschade! Hätte ich sein Angebot angenommen, wäre das Bett neben mir nun wahrscheinlich nicht kalt und ich nicht einsam.

Ich lasse mich auf einen Sessel nieder, auf einem zweiten stapeln sich Zeitschriften, alte Tageszeitungen und die ungeöffnete Post der letzten Tage. All die Kondolenzschreiben zu sichten, zu lesen oder gar zu beantworten, war mir bis jetzt unmöglich erschienen. Ich bin kraftlos, willenlos. In meiner Phantasie stelle ich mir vor, dass gleich die Türe aufgeht und die vertrauten Schritte auf mich zukommen mit den Worten „Guten Morgen, mein Schatz, gut geschlafen?" Ich warte und lausche. Nichts dergleichen geschieht.

In Gedanken versunken trinke ich die Tasse leer, ohne es zu bemerken. Ich stehe auf, um nachzugießen. Wie spät ist es eigentlich? Was ist heute für ein Tag? Samstag? Sonntag? Ich muss mich konzentrieren.

Doch, es ist Sonntag, der 22. Mai, und ich kann von draußen die Kirchenglocken hören. Es ist später Vormittag. Ich suche in meiner Brotdose nach Gebäck. Ein altes Stück Kuchen liegt darin. Auch im Kühlschrank ist nichts zu finden, was meinem knurrenden, aber doch sehr sensiblen Magen gefallen würde. Ein Joghurt aus unbekannten Zeiten, ein Stück Hartkäse, dessen Rand bereits dunkelgelb und eingetrocknet ist, zwei Eier, von denen ich keine Ahnung habe, wie lange sie schon in der Eiertasse stecken.

Sonntag, das heißt, der Supermarkt um die Ecke hat geschlossen, und die nächste Tankstelle, wo man was Essbares erwerben kann, ist sechs Kilometer entfernt.

II

Ich lebe nicht mehr im Stadtzentrum Wiens, wo man rasch zu etwas Essbarem kommt.

Herbert und ich waren vor fünf Jahren in diese Gegend gezogen. Nach vielen Jahren Stadtleben wollten wir es ruhiger angehen lassen. Davor, also zur Studienzeit, hatten wir das Pulsieren der Großstadt geliebt. Unzählige Abende hatten wir in den wunderbaren und einzigartigen Kaffeehäusern der Stadt verbracht. Wie oft waren wir eng umschlungen durch die schöne Altstadt Wiens geschlendert, vorbei am imposanten Opernhaus, entlang der bekannten Einkaufsstraße bis hin zum Wahrzeichen Wiens. Gerne hatten wir das umfangreiche Veranstaltungsangebot dieser Stadt wahrgenommen, ob Kabarett, Musical, Theater oder Konzert, alles war uns willkommen gewesen. Wir hatten uns als Teil der Kultur gefühlt, am bunten Geschehen teilgenommen, uns treiben lassen.

Es hatte uns nichts ausgemacht, dass die Straßenbahn direkt vor dem Schlafzimmerfenster vorbeigefahren war und wir jeden Tag zur ersten Fahrt um 5:00 Uhr kurz erwacht waren. Es hatte uns nie gestört, dass der morgendliche Lärm des geschäftigen Treibens der arbeitenden Bevölkerung unsere oft kurze Nacht jäh beendet hatte.

Wir vereinten uns zum Morgengruß, anschließend genossen wir gemeinsam eine kalte Dusche. Danach noch meine morgendliche Sportrunde mit meinen Übungen, und der Tag konnte kommen. Wie hatten wir diese letzten Monate von Herberts Studienzeit genossen, zumindest an jenen Tagen, an denen wir uns trafen.

Kennengelernt hatte ich Herbert in Brüssel. Er war Student der Biochemie an der Universität Wien und absolvierte sein Erasmus-Semester. Ich studierte Kunstgeschichte und Französisch und hielt mich in dieser Stadt auf, um meine Sprachkenntnisse aufzubessern. Um meinen bescheidenen Lebensunterhalt zu bestreiten, musste ich einen Job als Billeteurin im Musée Fin-de-Siècle annehmen.

Es war im Dezember, und ein dichter, undurchdringbarer Nebel hatte sich seit Wochen in fast ganz Belgien festgesetzt. Es hatte auch nicht den Anschein, als ob die Sonne ihre Strahlen noch einmal vor März über Brüssel scheinen ließe. Eine trostlose Zeit, und mir fehlte jegliche Motivation, mich neben meinem Halbtagsjob und den Vorbereitungen für meine Abschlussprüfungen auf diese Stadt und ihre Schönheiten einzulassen.

Nach getaner Arbeit im Museum ging ich für gewöhnlich in mein kleines Apartment, das ich mit einer hiesigen Medizinstudentin teilte. Michelle war ein lebensfroher und offenherziger Typ. Ihr Optimismus und ihre Fröhlichkeit waren ansteckend, und manchmal schaffte sie es tatsächlich, mich aus meiner Lethargie zu reißen und in ein Café oder eine Bar zu verschleppen. Selten blieb ich länger als bis Mitternacht, mich interessierten die oberflächlichen Unterhaltungen und plumpen Annäherungsversuche der männlichen Gäste nicht im Geringsten. „Wenn schon ausgehen, dann mit Niveau", war immer meine persönliche Devise. Für das Rumgehopse

9

in einer Diskothek war ich generell zu spröde, und laute Musik zu hören gehörte nie zu meinen Leidenschaften.

Ich hatte nie geraucht und auch kaum Alkohol getrunken, weil er mir viel zu schnell ins Blut ging und ich den Konsum üblicherweise mit ausgedehnten Kopfschmerzen büßte. Außerdem wollte ich mein straffes morgendliches Sportprogramm, das ich seit Jahren absolviere, nie für eine unterdurchschnittliche Abendunterhaltung sausen lassen.

Jeden Tag lief ich von meinem Haus in der Rue des Sols zum Quai de L'Industrie, weiter die Senne entlang Ich liebte seit jeher das Glücksgefühl, welches in solchen Momenten in jede Faser meines Körpers dringt und mich mit Energie versorgt, von der ich einen ganzen Tag zehren kann, auch wenn an manchen Tagen eine anständige Portion Überwindung vonnöten ist, um in Kälte, Finsternis und Nieselregen joggen zu gehen. Gerade in jenen unwirtlichen Morgenstunden war es doppelt schwierig, den inneren Schweinehund zu besiegen. Nur mein eiserner Wille meine Figur zu erhalten und die Gewohnheit, sich täglich zu bewegen, trieben mich an, kaum Ausnahmen zu erlauben.

Auf dem Rückweg machte ich einen kleinen Umweg über den Parc de Bruxelles, um hier meine Karateübungen durchzuführen.

Dass ich einen Sport wie Karate mache, habe ich in erster Linie meiner Mutter zu verdanken. Sie hatte mich im zarten Alter von sechs in einen Karatekurs gesteckt. Mehr aus einer Laune als aus wirklicher Überzeugung, denn in unserer Nachbarschaft wurde diese Möglichkeit angeboten. Sie hatte befunden, es wäre besser, sich zweimal in der Woche vernünftig zu bewegen, anstatt sich debil einem Gameboy zu widmen.

Im Laufe der Jahre hatte ich mich an diese Trainingseinheiten gewöhnt, und ich hatte begonnen, den tieferen Sinn dieser Sportart zu verstehen und zu lieben. So war sie zu einem fixen Bestandteil meines Lebens geworden. In meiner Pubertät war ich schließlich froh, dass ich diese in Österreich nicht sonderlich verbreitete Kampfsportart erlernen durfte. Nicht nur einmal hatten mir meine Fähigkeiten geholfen, ungebetene Verehrer in die Flucht zu schlagen. Ich war ein durchaus attraktives Mädchen gewesen, zwar etwas burschikos und überaus schlank geraten, aber meine dunkelblauen Augen mit den langen und dichten Wimpernkränzen sowie den darüber liegenden buschigen Augenbrauen hatten so manchen Jüngling fasziniert. Meine dunkelbraunen lockigen Haare trage ich seit jeher stets kurz geschnitten, wobei mir immer ein bis zwei Locken frech in die Stirn hängen. Zusätzlich bin ich noch immer von sportlicher Statur, und mein durchtrainierter Oberkörper sowie meine langen Beine waren damals und sind heute noch ein Blickfang für so manchen Mann.

Obwohl ich, ohne als Narzisstin abgestempelt zu werden, mich selbst nach wie vor als hübsch bezeichne, war ich nie darauf aus, auf Männer Eindruck zu schinden und Kapital aus meinem wohlgeformten Körper zu schlagen. Meine Liebschaften beschränkten sich auf sehr wenige One-Night-Stands. Einer ernsthaften Beziehung war ich lange Zeit aus dem Weg gegangen.

Meine Mutter hatte mich immer bestärkt, Sport zu machen, auf meine Figur zu achten und Vorsicht gegen-

11

über Männern walten zu lassen. Warum ihr Vertrauen in Männer zutiefst erschüttert war, konnte ich erst nach ihrem Tod in Erfahrung bringen. Sie starb viel zu früh an einem Herzinfarkt. Damals war ich 16 Jahre alt gewesen.

So war ich eben zu einer ernsten jungen Frau herangereift, die früh für sich selbst sorgen musste und nie das Bedürfnis verspürte, nächtelang durch Städte zu ziehen, stattdessen bereitete mir ein gutes Buch oder eine optimale Vorbereitung auf meine Prüfungen wesentlich größere Befriedigung.

Bald sollte ich wieder nach Wien zurückkehren und mein Studium zu Ende bringen. Noch hatte ich keine Vorstellung, was ich mit meinem Diplom anfangen könnte. Meine wenigen Freunde hatten mich davor gewarnt, Kunstgeschichte zu studieren – kein Mensch würde das brauchen in Zeiten wie diesen. Oft kam die Frage: „Willst du in einem Museum versauern?" Meine Vorstellung war eher, als Gutachterin für Versicherungen zu arbeiten. Eine andere beinahe fixe Idee von mir war, bei der Wiederbeschaffung von geraubten Kunstgegenständen oder deren Bewertung mithelfen zu können. In meinen Augen gab es ein reiches Betätigungsfeld für jemanden, der Kunstgeschichte studiert hatte. In jedem Fall aber hätte ich mich mit dem Nachhilfeunterricht in Französisch oder mit dem Abhalten von Sprachkursen über Wasser halten können, bis sich für mich ein interessanterer Job auftäte.

Meine monatlichen Ausgaben hielten sich zum Glück in Grenzen. Von meinen Eltern hatte ich eine passable und schuldenfreie Eigentumswohnung in Wien geerbt, die ich benutzen und im schlimmsten Fall verkaufen und mir im Gegenzug etwas Kleineres zulegen konnte. Die Betriebskosten waren gering, und ich selbst schwelgte lange Zeit meines Lebens nicht im Luxus. Solange mein Vater gelebt hatte, war es finanziell zwar einfacher, aber Verschwendung oder Übermaß waren selbst in dieser Zeit in unserer Familie verpönt gewesen. Nach seinem Tod wurde der Gürtel beachtlich enger geschnallt. Meine Jeans trug ich so lange, bis sie völlig verblichen waren und an manchen Stellen schon das Innengewebe durchschien. Die Ärmel meiner Sweatshirts hatten selten die richtige Länge. Anfangs waren sie immer zu lang, sodass ich sie zweimal umschlagen musste, irgendwann hatten sie modische Dreivierteärmel und waren so ausgewaschen, dass es schon wieder cool aussah. Mit dem bescheidenen Gehalt meiner Mutter als Buchhalterin in einer Steuerberatungskanzlei und der kleinen Waisenrente war man angehalten, keine großen Ansprüche zu stellen.

Die Erinnerungen an meinen Vater sind sehr vage und beinhalten keine besonders glücklichen Momente. Er war ein stattlicher, überaus attraktiver Mann gewesen, der vermutlich viele Frauenherzen gebrochen hatte. Wenn er zur Arbeit gefahren war, hatte er stets einen dunkelblauen Anzug, ein weißes Hemd und eine blitzblaue Krawatte getragen. Mit diesem Outfit wurden sein dunkelbrauner Lockenkopf und seine stahlblauen Augen perfekt betont.

Manchmal hatte ich als kleines Kind Angst, wenn ich tief in sie blickte. Fix bildete ich mir ein, dass in seinem Kopf eine Hexe wohnte und ich den Besen in seinen Augen ganz deutlich sehen konnte. Nie wagte ich es aber, ihm meine Phantastereien zu erzählen. Die Hexe würde den Verrat ihres Verstecks bestimmt bitter rächen und mir mit ihrem Besen den Hintern weichklopfen. Was sich Kinder doch so zusammenspinnen!

Als Finanzbeamter verdiente mein Vater zwar kein Vermögen, aber es reichte aus, um eine schöne Eigentumswohnung in einem ruhigen Viertel Wiens anzuschaffen, in den Sommerferien Italiens Strände zu genießen und im Winter den einen oder anderen Tag auf der Skipiste zu verbringen.

Standardmäßig sprach er mich mit Püppi an, was ich verabscheute. Ich fand, dass ich keine Puppe war, sondern ein ganz normales Mädchen, und so wollte ich auch behandelt werden. Meine Mama nannte mich immer bei meinem vollen Namen. Susanne gefiel mir gut.

Die Ehe meiner Eltern war bestimmt nicht das gewesen, was sich beide zum Zeitpunkt ihrer Heirat erwartet hatten. Meine Mutter war sehr jung, als sie meinen Vater kennenlernte, und sie war viel zu schnell seinem Charme erlegen. Kaum, dass sie sich kannten, wurde meine Mutter mit mir schwanger. Ich kann mir vorstellen, dass dieser Umstand nicht in Vaters Lebenskonzept passte. Vielleicht hatte meine Mutter sich auch bewusst schwängern lassen, in der Hoffnung, diesen attraktiven Kerl ganz für sich zu haben. Jedenfalls zogen sie zusammen und heirateten.

Es dauerte nicht lange, bis mein Vater seinem Jagdtrieb wieder freien Lauf ließ und die eine oder andere außereheliche Affäre hatte. Wie oft er meine Mutter tatsächlich betrogen hatte, weiß ich nicht. Aber ihr trauriger Blick, wenn er wieder einmal spätabends heimkam oder angeblich samstags ins Büro musste, verriet mir, dass etwas nicht stimmte. In meiner Gegenwart bemühte sie sich, das Bild von der heilen Familienwelt aufrecht zu halten. Kein Ton kam ihr über die Lippen, die verdächtig bebten, wenn Vater grußlos die Wohnung verließ und sie auf meine Frage, wann er zurückkehren werde, keine Antwort wusste. Vielleicht waren ihr Eifersuchtsszenen in meiner Gegenwart peinlich, oder sie fürchtete, dass ihr Mann gar nie mehr den Weg zurück nach Hause nehmen würde. Sie litt still und heimlich, aber sie wusste, dass sie diesen Mann für ihre restliches Leben mit anderen Frauen würde teilen müssen. Wieso sie diesen Mistkerl nicht verlassen hatte, war mir selbst nach ihrem Tod noch ein Rätsel.

Mein Vater neigte überdies zu cholerischen Anfällen, die aus Nichtigkeiten entstanden wie einer zerbrochenen Tasse oder einem Loch in meiner Hose. Nicht selten rutschte ihm bei solchen Anlässen die Hand aus, und ich kassierte eine schallende Ohrfeige. Dafür hasste ich ihn aus tiefstem Herzen und manchmal wünschte ich mir, die Hexe in seinen Augen möge ihn in eine Spinne verwandeln, die ich genüsslich zwischen meinen kleinen Fingern zerquetschte. Als mich die Nachricht traf, dass er tödlich verunglückt sei, wusste ich daher anfänglich nicht, ob ich traurig sein oder mich darüber freute sollte.

III

Der Tod ereilte ihn an einem schönen sonnigen Herbst-
nachmittag. Ich spielte mit den Nachbarskindern auf der
nahegelegenen Wiese Fußball, als ein Polizeiwagen vor
dem Wohnblock anhielt, in dem unsere Wohnung lag.
Unmittelbar danach traf ein Rettungsauto mit Blaulicht
ein. Neugierig verließ ich den Spielplatz, um nachzusehen, was denn passiert war.

Just in diesem Moment stürzte meine Mutter schreiend
und tränenüberströmt aus dem Haus. Mein Herz begann
zu rasen, und ich lief los, langsam, dann immer schneller. Ein Polizeibeamter kam mir entgegengerannt, und
ich stolperte geradeaus in seine ausgebreiteten Arme. Er
fing mich auf und hob mich vom Boden ein Stück hoch.

„Lass mich!", schrie ich aus Leibeskräften und wollte mich mit einem gezielten Tritt, den ich von meinem
Karateunterricht kannte, befreien.

Doch der Beamte war schneller. Er wich meinen Füßen geschickt aus, kriegte meine Beine zu fassen und
stellte mich wie eine zerbrechliche Vase vorsichtig auf
den Boden.

„Nein!"

Ich schrie mir meine Seele aus dem Leib, ohne zu wissen, was hier eigentlich vor sich ging. Der Beamte redete
langsam und bedächtig auf mich ein, bis ich endlich zu
schreien aufhörte und leise schluchzend dastand. Aus

einigen Schritten Entfernung konnte ich beobachten, wie meine Mutter in sich zusammensackte. Ein Rettungshelfer konnte sie gerade noch auffangen, sodass sie nicht mit voller Wucht auf den Boden knallte. Ein zweiter Sanitäter eilte zu Hilfe, und vorsichtig hoben die beiden Männer sie auf die Trage im Rettungswagen. Mit tränenerstickter Stimme fragte ich den Beamten, was denn geschehen sei. Er antwortete nicht und sah mit ernster Miene in mein kleines, verheultes Gesicht. Angst kroch in mir hoch, ich spürte, wie ich am ganzen Körper zu zittern begann. Mir war plötzlich kalt.

„Bitte sagen Sie mir, was los ist", bettelte ich ihn an.

Doch er blieb stumm. Behutsam hob er mich auf, streichelte mir ein paarmal über meine Haare und trug mich zu meiner Mutter. Sie war augenscheinlich nicht bei Bewusstsein. Er setzte mich auf den Sessel neben der Trage, schaute mich lange an und sagte ruhig zu mir: „Halte die Hand deiner Mama, sie wird dich spüren. Dann wird es ihr bald wieder besser gehen."

Traurig schaute er mich an.„Wo ist Papa?", fragte ich ihn zaghaft.

Statt einer Antwort fragte mich der Polizist: „Wie alt bist du denn?"

„Acht, und du?"

Er lächelte jetzt und antwortete verschmitzt: „Junge Dame, so was fragt man einen alten Herrn nicht."

Auch ich musste nun lächeln. Ich schätzte den Mann ungefähr gleich alt ein wie meinen Vater, doch ich hatte meinen Vater noch nie in die Kategorie der alten Herren abgeschoben. Nochmals setzte ich an: „Wo ist mein Papa?"

Wieder erhielt ich keine Antwort auf meine Frage, dafür sagte er: „Begleite deine Mama nun ins Krankenhaus, sie wird bald wieder gesund sein. Du bist bestimmt ein tapferes und liebes Mädchen. So wie meine Tochter. Wir kümmern uns inzwischen um deinen Papa."

Ein Ersthelfer schloss nun die Tür des Rettungswagens. Der Polizist winkte mir zu, und ich winkte zurück. Dann fuhren wir los.

Im Fond des Wagens hatte eine sympathische Frau mit dunklen langen Haaren und einem weißen Kittel Platz genommen, die meine Mutter an verschiedene Schläuche anschloss, ihren Brustkorb mit einem Stethoskop abhorchte und ihr eine Spritze in die Armbeuge gab. Nachdem sie die Injektion verabreicht hatte, schaute sie zu mir herüber.

„Hallo, ich bin Lisa. Ich bin Notärztin und werde deiner Mama helfen, damit sie bald wieder aufwacht. Und wer bist du?" fragte sie und wendete ihren Blick wieder den Monitoren zu.

„Ich heiße Susanne. Was hat Mama? Ist Mama tot?"

Verzweifelt wanderte mein Blick zwischen dem Gesicht meiner Mutter, den Bildschirmen auf denen grüne und weiße Striche wie von selbst liefen und Lisa hin und her.

„Nein. Deine Mama hat einen Schock. Sie ist bewusstlos, aber bald wird sie wieder ihre Augen öffnen."

Lisa war mir sympathisch. Sie hatte eine samtweiche, vetrauensbildende Stimme. Endlich bemerkte ich, wie meine Mutter blinzelte.

„Mama!", rief ich und sprang von meinem Sitz auf.

Gleichzeitig konnte ich Lisas mahnenden Blick spüren, und sofort setzte ich mich wieder hin. Der Rettungswagen war sehr flott unterwegs, und sie wollte bestimmt nicht riskieren, dass ich mich verletzte.

Langsam hob meine Mutter ihre rechte Hand und ergriff die meine. Sie drückte sie. Ihr Körper begann zu zittern, zuerst leicht, dann immer stärker. Tränen rollten über ihre Wangen, anfangs vereinzelt, dann immer mehr und mehr, bis sich ein regelrechter Sturzbach über ihr kahlweißes Gesicht ergoss. Was war geschehen? Völlig verwirrt und mit einem Gefühl der totalen Hilflosigkeit saß ich da und beobachtete sie. Ein riesiger Kloß saß in meinem Hals, ich brachte keinen Ton hervor. Lisa griff nach der anderen Hand meiner Mutter und hielt sie fest. Dann nahm ich allen Mut zusammen, atmete tief durch und öffnete den Mund. Mehr als ein zittriges „Mama?" brachte ich nicht hervor, obwohl hundert Fragen durch mein Gehirn geisterten.

Sie nickte mir zu und presste ihre Lippen fest aufeinander. Umständlich versuchte meine Mutter, sich aufzurichten. Lisa half ihr dabei und stützte mit ihrem Arm den Rücken. Mit viel Anstrengung stieß Mama endlich hervor: „Dein Vater hatte einen Unfall mit dem Auto. Er ist tot, Susanne!"

Tot? „Was bedeutet das genau?", fragte ich mich. Hieß das etwa, er würde nicht wieder heimkommen? Er würde nie mehr seine Wutanfälle haben und mich ohrfeigen? Fast machten mich diese Gedanken ein wenig glücklich. Was wusste man im zarten Alter von acht Jahren über den Tod? War Papa im Himmel oder anderswo? Wieso hatte er sich nicht verabschiedet? Mir schwirrte der Kopf. Ich hatte unendlich viele Fragen, die zu formulieren ich nicht in der Lage war.

Nach einer langen Nachdenkpause war ich zu einem für mich überzeugenden Schluss gelangt.

„Macht nichts, Mama, wir können auch ohne Papa leben. Er kann uns doch vom Himmel aus beobachten, wenn er möchte."

Auch wenn meine Stimme zitterte, wollte ich einen legeren Ton anschlagen. Es war ein fataler Irrtum, als ich dachte, mit diesen Worten meiner Mutter Trost zu spenden. Auf ihrer Stirn bildeten sich Falten und ihre Augen wurden schmal und funkelten zornig.

„Wie kannst du es wagen?", brüllte sie mich mit einer Stimme an, die mir völlig fremd war.

Erschrocken und gleichzeitig hilfesuchend blickte ich zu meinem Gegenüber und erwartete, dass Lisa für mich Partei ergriff. Was hatte ich in meiner kindlichen Naivität Falsches von mir gegeben? Lisa war ein Engel. Mit viel Geduld und Einfühlungsvermögen gelang es ihr in kurzer Zeit, die überhitzte Atmosphäre in ruhigere Bahnen zu lenken.

„Bitte, regen Sie sich nicht so auf, Frau Schöder. Sie müssen sich schonen. Ihre Tochter ist noch ein kleines Mädchen, das die Bedeutung von Tod und dessen Tragweite noch nicht erfassen kann. Gehen Sie nicht so hart mit ihr ins Gericht."

Und an mich gewandt: „Susanne, du musst stark sein für deine Mutter. Deine Mama hat deinen Papa geliebt und du wirst ihn bestimmt auch vermissen. Von nun an seid ihr beide allein. Auch wenn dein Papa dich vom Himmel aus beobachtet und beschützt, er ist nicht mehr hier, und das ist sehr schwer zu ertragen. Verstehst du das?"

Ich nickte, obwohl ich grübelte, ob ich meinen Papa tatsächlich geliebt hatte und ob er mir in Zukunft fehlen würde. Ich wusste es nicht. Er war einfach immer da in meinem Leben, manchmal hätte ich ihn mir aber weggewünscht.

Meine Mutter ließ sich zurückfallen und schloss ihre Augen. Die Erschöpfung zeichnete sich in ihrem kreidebleichen Gesicht ab. Sie wirkte unendlich müde und schien auf einen Schlag um zehn Jahre älter geworden zu sein.

Nach einer für mich unendlich langen Fahrt waren wir im Krankenhaus angekommen. Man brachte uns in ein Zimmer, in dem zwei Betten standen. In das eine wurde meine Mutter gelegt. Sie dämmerte vor sich hin und sprach an diesem Tag kaum mehr mit mir. Die Krankenschwestern waren sehr nett und brachten mir Malbücher, Stifte und ein paar Comics zum Lesen, aber im Grunde langweilte ich mich furchtbar. Lieber wäre mir gewesen, ich hätte auf der Station herumschlendern und die Ärzte bei ihrer Arbeit beobachten können. Das durfte ich aber nicht. Die Stunden bis zum Schlafengehen vergingen unsagbar langsam, und als es finster wurde und ich auf dieser harten und nach Desinfektionsmittel riechenden Matratze lag, konnte ich erst recht nicht einschlafen, weil ich immerzu an Papa denken musste und mir ausmalte, was er denn gerade im Himmel tun würde.

Am folgenden Morgen wurde Mama wieder aus dem Krankenhaus entlassen. Man gab ihr Rezepte für Medikamente, die wir auf dem Heimweg, den wir mit einem Taxi bestritten, besorgten. Ihr Zustand war stabil, sagten die Ärzte, was immer das auch bedeuten mochte, und langsam schien sie sich mit dem Tod ihres Mannes abzufinden. Ich wollte sie nach dem Unfall fragen, aber sie wehrte unwirsch ab.

„Eines Tages werde ich dir erzählen, was passiert ist. Jetzt kann ich es einfach nicht. Bitte, liebe Susanne, verzeih mir."

Ja, irgendwann würde sie es mir erzählen. Damit gab ich mich zufrieden, weil ich wusste, dass meine Mutter ihre Versprechen hielt.

Die nächsten Tage waren ausgefüllt mit Vorbereitungen für die Erdbestattung meines Vaters, Amtswegen und Behördengängen. Unentwegt läutete das Telefon. Freunde, Bekannte, Verwandte boten ihre Hilfe an oder kondolierten. Zuerst wollte mich die Schule für ein paar Tage vom Unterricht freistellen. Ich bettelte aber darum, zur Schule gehen zu dürfen. Was hätte ich daheim schon ausrichten können? Meine Mutter war sicherlich froh, dass ich zumindest einen halben Tag beschäftigt war und sie sich nicht auch noch um mich kümmern musste. Nur am Tag des Begräbnisses blieb ich zu Hause.

Die Beerdigung meines Vaters fand an einem trüben Novembertag statt. Es war unangenehm kalt, und ich fror entsetzlich in meinem schwarzen Rock und den dünnen Halbschuhen. Um mir die Zeit während der Verabschiedungszeremonie kurzweiliger zu gestalten, zählte ich die roten Rosen auf dem hellen Eichensarg und lauschte aufmerksam der Trauermusik. Die Worte des Pfarrers interessierten mich nicht. Nach einer gefühlten Ewigkeit gingen die Trauergäste in einer Zweierreihe zum Friedhof. Fast war es wie in der Schule. Ich durfte mit Mama direkt hinter dem Sarg hergehen, worüber ich richtig froh war., In der Mitte einer Menschenschlange zu gehen und auf den Rücken des Vordermannes zu starren, war mir von klein auf ein Gräuel und verursachte ein klaustrophobisches Gefühl. Danach musste ich eine Ewigkeit vor dem offenen Grab stehen. Zuerst kam der Pfarrer. Er spritzte jede Menge Weihwasser in die Grube und auf den Sarg, dazu murmlte er mir unverständliche Segensworte. Auch der Kirchenchor war mitgekommen und untermalte das letzte Geleit musikalisch. Jedes Mal wenn sich die Stimmen erhoben, fing Mama von Neuem an zu weinen. Als der Sarg endlich in die Grube hinabgesenkt war, kam Bewegung in die Menschenmenge. Viele Leute, die ich nicht einmal kannte, defilierten. Manche schüttelten Mama und mir die Hand, manche umarmten uns. Ich ließ die Szenerie über mich ergehen und hoffte, dass alles bald vorbei war. Meine Zehen hatten sich zu Eiszapfen geformt, und meine Nasenspitze spürte ich gar nicht mehr. Ich ließ meinen Blick über die Gräber schweifen, versuchte mir die Namen, Geburts- und Sterbedaten, die in die Steine gemeißelt waren, zu merken und hoffte auf ein baldiges Ende des traurigen Schauspiels.

Dabei fiel mir eine Frau besonders auf. Sie stand abseits der anderen Trauergäste, allein, ganz in Schwarz gekleidet, und sie weinte still in sich hinein. Ich musterte interessiert ihre unnatürlich langen blonden Haare, die zu einem dicken Zopf geflochten waren. Sie trug einen eleganten schwarzen Hut mit einer breiten Krempe und einen auffallend weit geschnittenen Hosenanzug mit einem Cape darüber, an dessen Enden Fellknäuel baumelten. Ich wartete, wann sie an die Reihe kommen würde, ich wollte von ihr gedrückt werden. Bestimmt duftete sie gut. Endlich waren alle an Mama und mir vorübergezogen, doch die Dame war nicht dabei, und ich konnte sie auch nirgendwo mehr erspähen.

Als wir endlich zurück zu Hause waren, fiel mir diese seltsame Erscheinung wieder ein. Ich fragte meine Mutter nach einer blonden, langhaarigen Person, ohne auch nur im Mindesten zu ahnen, welche Wirkung ich damit erzielen würde. Meine Mutter brach in Tränen aus und konnte sich gar nicht mehr beruhigen. Sie schluchzte auf und weinte bitterlich. Ich versuchte sie zu trösten und ein Wort aus ihr rauszubekommen. Aber sie schubste mich von sich weg, gab mir eine Ohrfeige und deutete an, ich möge in mein Zimmer gehen. Nie hat sie mir eine Antwort auf die Frage nach dieser Frau gegeben.

In der nächsten Zeit versuchte ich, sehr behutsam mit meiner Mutter umzugehen. Sie war mal gereizt, mal traurig, mal aufgesetzt heiter, dann wieder wütend. Worüber, erschloss sich mir meistens nicht. Ich bemühte mich, ihre Stimmungsschwankungen zu verstehen, was kaum möglich war. und ich hoffte inständig, dass in Bälde der Alltag einkehren möge. Meine Ablenkung war die Schule und ich konzentrierte mich ganz und gar auf den Unterricht, war bald die beste Schülerin, machte beim Karatekurs aufmerksam mit und begann mehr aus Langeweile denn aus Interesse, Gitarre zu spielen.

Was sich seit Vaters Tod spürbar geändert hatte, war die finanzielle Lage. Fast jeden Tag erklärte mir meine Mutter, dass wir sparen müssten. So manche Wünsche wurden schon beim Aussprechen derselben abgelehnt.

Urlaube und Skifahren gab es für uns nicht mehr. Dafür schenkte mir meine Mutter zu Ostern eine Gitarre. Es war zwar keine neue, aber sie war gut in Schuss und bereitete mir viel Freude.

Irgendwann im darauffolgenden Sommer läutete es an der Tür, und zwei Polizisten standen davor. Meine Mutter bat sie ins Wohnzimmer und schickte mich in mein Zimmer. Neugierig ließ ich die Türe einen Spalt offen und belauschte die Unterhaltung.

„Also, wir möchten Sie auf den Stand der Ermittlungen über den Unfallhergang informieren, Frau Schöder", eröffnete einer der beiden Polizisten.

Meine Mutter nahm schweigend auf dem Sofa Platz und legte ihre Hände in den Schoß. Fast unmerklich zuckten ihre Mundwinkel, ein untrügliches Zeichen ihrer Nervosität. Sie wartete aber, was man ihr nun zu berichten hatte.

„Wie Sie wissen, ist Ihr Mann mit seinem Fahrzeug mit erhöhter Geschwindigkeit aus der besagten Kurve geflogen. Es gab aber keinerlei Bremsspuren. Ihr Mann kannte die Strecke sehr gut, oder nicht?" eröffnete einer der Beamten das Gespräch.

„Ja", antwortete meine Mutter trocken, „es war seine tägliche Strecke zur Arbeit."

Dass er offenbar erst am Nachmittag zur Arbeit fuhr, war offenbar keine Rede wert.

„Frau Schöder, was wir Ihnen nun sagen müssen, ist sehr bedauerlich. Die Bremsschläuche seines Autos waren eindeutig defekt. Der Gutachter meinte, es sei mit hoher Wahrscheinlichkeit ein Tier wie etwa ein Marder gewesen, der diese angebissen habe. Ganz auszuschließen wäre aber eine Sabotage auch nicht. Können Sie sich vorstellen, dass irgendjemand am Fahrzeug Ihres Mannes herumgemacht hat?"

Meine Mutter erstarrte regelrecht zu einer Salzsäule. Sie richtete sich auf, saß stocksteif und kerzengerade auf ihrem Platz und schaute dem Beamten direkt in die Augen. Ihre Stimme vibrierte.

„Das ist ja furchtbar! Wer sollte so etwas tun?"

Sie war aufgeregt, und ich konnte durch den Spalt sehen, wie ihr Gesicht von roten Hektikflecken überzogen wurde. Mama stand auf und ging im Wohnzimmer auf und ab. Sie begann wieder zu weinen. Verlegen blickten die Beamten einander an und zuckten mit den Schultern.

„Frau Schöder, bitte, beruhigen Sie sich. Wir haben polizeiintern alles nochmals untersucht und finden keinen Anhaltspunkt für ein Fremdverschulden. Es wird sich wohl ein Getier an den Kabeln zu schaffen gemacht haben." Und leiser fügte er hinzu: „manchmal ist das Schicksal grausam."

Einer der Männer stand auf und legte Mama tröstend seinen Arm um ihre schmalen Schultern. Meine Mutter blieb stehen, nahm ein Taschentuch aus ihrem Hosensack und schnäuzte sich. Leise, aber bestimmt sagte sie: „Ich danke Ihnen für Ihre Informationen. Trotzdem muss ich Sie bitten, jetzt zu gehen. Ich muss allein sein, verstehen Sie. Den Tod meines Mannes habe ich bis heute noch nicht verwunden."

Verständnisvoll nickten die beiden Herren, und auch der Zweite erhob sich von der Couch. Etwas hilflos standen sie im Raum, bis einer von ihnen sichtlich peinlich berührt sich verabschiedete: „Ja, dann danke und alles

Gute. Wenn Sie etwas benötigen, zögern Sie nicht, uns anzurufen. Wir helfen gerne."

Mama wischte sich mit dem Blusenärmel ein paar Tränen von den Wangen und hauchte ein fast unhörbares *Ja*. Dann begleitete sie die Beamten zur Tür und ließ sie hinaus.

Leise schlich ich mich aus meinem Zimmer.

„Glaubst du, Mama, dass jemand Papa umgebracht hat?", wagte ich zu fragen.

Meine Wangen glühten vor Aufregung. War ich womöglich in einen Kriminalfall verwickelt? Das war bestimmt spannend, und vor allem hätte ich in der Schule richtig was zu erzählen, nicht so banale Dinge wie die anderen.

Meine Mutter kam wortlos auf mich zu, setzte sich zu mir und umarmte mich.

„Vergiss nie, dass ich dich liebe, was immer auch passieren möge", flüsterte sie mir ins Ohr und drückte meinen Kopf gegen ihre Brust.

Sie streichelte monoton mein Haar und küsste mich auf die Stirn. Dann stand sie auf und ging wortlos in die Küche, um sich einen Tee aufzusetzen.

IV

Völlig einsam, traurig und hungrig sitze ich zusammen-gekauert auf dem Küchensessel und muss an meine Mutter denken. Ob sie sich nach dem Tod ihres Mannes auch so leer, ja, regelrecht unnütz gefühlt hat? Hat ihr die *zweite Hälfte* auch so gefehlt? Was hat sie am meisten vermisst? Es gibt so viele Fragen und keine Antworten. Wie gerne hätte ich sie jetzt an meiner Seite! Wieder kullern ein paar winzige Tränen meine Wangen entlang und landen auf meinem Bademantel.

Nochmals muss ich überlegen, was für ein Tag heute ist. Ach ja, Sonntag. Seit Herberts Tod hasse ich Wochenenden, die Sonntage erst recht. Sonntag ist Familientag. Nun habe ich aber keine Familie mehr. Was ist ein Sonntag für mich noch wert?

Ich spule meine Gedanken rückwärts, zur Zeit, nachdem mein Vater gestorben war. Meine Mutter und ich besuchten sonntags manchmal ihre Schwester Anna in Neunkirchen, oder diese kam zu uns auf Kaffee und Kuchen. Ab und zu gingen wir in den Schönbrunner Zoo oder besichtigten das Schloss. Dieser Ausflug stellte eher die Ausnahme dar, denn der Eintritt war nicht gratis. An besonderen Festtagen, lud mich meine Mutter in den Prater ein. Eine Fahrt mit der Achterbahn mied ich. Mir kamen diese technischen Geräte immer suspekt vor, und ich hatte nicht das Gottvertrauen, dass sie halten würden. Umso lieber nahm ich das Angebot der Fahrt durch die Geisterbahn an. Den kalten, gruseligen Schauder, der mir jedes Mal über den Rücken lief, mochte ich seltsamerweise. Es gab Zuckerwatte und gebrannte Mandeln. Köstlichkeiten, die ich sonst das ganze Jahr über nicht zu essen bekam. Wenn wir auf der Rückfahrt nach Hause waren, kauften wir an einem solchen Tag Eiscreme in der besten Gelateria Wiens. An solchen Tagen war ich glücklich und unsagbar dankbar für meine Mutter.

Nun bin ich alleine. Ohne Eltern, ohne Mann, ohne Kind. Ein Gefühl der Trostlosigkeit beschleicht mich.

Meine zwei Freundinnen sind verheiratet und haben Kinder. Obwohl beide für mich fast wie Familie sind, wäre es vermessen, sich in ihr Leben zu drängen. Sowohl Nathalie als auch Christine sorgten nach dem Tod meiner Mutter dafür, dass ich bei ihnen zu Hause wie eine Tochter aufgenommen wurde. Ich weiß, dass ich mich mit meinen Sorgen immer an sie werde wenden können, aber es gibt Grenzen. Es wird sehr schwer für mich werden.

Mein Magen knurrt. Ich werde mir eine Pizza kommen lassen. Im Grunde hasse ich Fast Food und auch Pizza, doch ich kann mich nicht aufraffen, das Haus zu verlassen und für Nahrung zu sorgen. Allein die morgendliche Körperpflege verlangt mir mehr Kraft ab, als ich je für möglich gehalten hätte. Auf meinen Morgensport mit Jogging und Karateübungen verzichte ich seit jenem verhängnisvollen Ereignis gänzlich.

Mit Mühe schleppe ich mich ins Bad und lasse heißes Wasser in die Wanne laufen. Vorsichtig prüfe ich die Temperatur und schütte den wohlduftenden Badeschaum hinein. Meinen Bademantel lasse ich zu Boden gleiten, schlüpfe aus den Hausschuhen und steige in das viel zu heiße Wasser. Soll meine Haut doch verbrennen. Was macht das schon?

Herbert schimpfte stets über die Temperatur des Wassers und lehnte ein gemeinsames Bad mit mir kategorisch ab. Er zählte mir alle Nachteile meiner Badegewohnheiten auf, in erster Linie, wie sehr meine schöne Haut unter dem viel zu heißen Nass litt. Dieser Kritik konterte ich mit seinem, fast allabendlichen Champagnergenuss und der für ihn dazugehörigen Zigarillo, nämlich, dass diese Kombination seinem Teint im Alter auch nicht zuträglich seien.

Er war ein Lebemensch, der gutes Essen, Champagner und die eine oder andere Zigarre nur zu gerne genoss. Zum Spaß tadelte er oft meinen konsequent gesunden Lebensstil: „Susanne, du bist zu streng mit dir. Das Leben ist zu kurz, um sich mit Sport und Arbeit zu quälen. Die Welt wird dadurch nicht besser, und du verpasst den lebenswerten Teil unseres kurzen Gastspiels auf Erden."

Ganz konnte ich ihm nicht widersprechen, und manchmal wäre ich gerne genauso locker gewesen wie er. Seine Lässigkeit, gepaart mit der nötigen Portion Ehrgeiz und Zielstrebigkeit hatten von Beginn an meine uneingeschränkte Bewunderung. Es war die perfekte Mischung, um unbeschwert durchs Leben zu gehen. Ich hingegen musste in sehr jungen Jahren viel Disziplin aufbringen, um nicht den Boden unter den Füßen zu verlieren. Dieser Umstand prägten meinen Charakter und mein Verhalten.

Herbert wuchs in gutbürgerlichen und behüteten Verhältnissen in einer Kleinstadt in der Obersteiermark auf. Sein Vater war ein angesehener Rechtsanwalt, und seine Mutter, eine gebürtige Französin, war eine mittelmäßig erfolgreiche Sängerin an der Grazer Oper. Sie betrieb Singen eher als Hobby mit dem positiven Nebeneffekt, dafür eine Gage zu bekommen. Zumindest war das Herberts Sicht auf die Karriere seiner Mutter.

Nach dem Gymnasium beschloss der einzige Spross der Familie entgegen der Familientradition, Biochemie zu studieren und übersiedelte zu diesem Zweck nach Wien. Sein Vater hätte es lieber gesehen, wenn er sich ebenfalls der Juristerei hingegeben und später seine Kanzlei übernommen hätte. Aber es gelang ihm nicht, seinem einzigen Sohn das Leben eines Anwaltes schmackhaft zu machen. Man könnte auch meinen, Herbert wählte bewusst Wien als Studienort, um der kleinbürgerlichen Struktur des Städtchens zu entkommen. Dass sein Studium nichts mit der Profession seines Vaters zu tun hatte, machte die Abgrenzung noch deutlicher, dass er auf keinen Fall seinen Lebensmittelpunkt je in seinem Heimatort einrichten wollte. Zudem kostete Herbert das Großstadtleben in vollen Zügen aus. Keine angesagte Party ging ohne sein Beisein über die Bühne. In vielen Diskotheken und Bars der Stadt zählte er bald zu den Stammgästen. Er war überall beliebt und willkommen. Durch seine freundliche und aufgeschlossene Art hatte er keine Mühe, schnell Freunde zu finden und überall, wo er auftauchte, in kurzer Zeit im Mittelpunkt des Geschehens zu stehen.

Nachdem die Studienerfolge unter seinem Lebenswandel erheblich litten, stellte ihm sein Vater eines Tages die Rute ins Fenster. Entweder er schließe sein Studium bis zu seinem 27. Lebensjahr mit Erfolg ab, oder die finanzielle Unterstützung werde drastisch eingeschränkt. Die Aussicht, neben dem Studium einer Arbeit nachzugehen, anstatt Partys zu feiern, war für Herbert letztendlich keine erstrebenswerte. Er wählte die erste Option, nämlich Gas zu geben. Schließlich stellte sein Herr Papa als Unterkunft ein großzügiges Loft in der Wiener Innenstadt zur Verfügung, und er durfte einen hübschen Sportflitzer sein Eigen nennen. Bevor Herbert sich jedoch in die Arbeit stürzte, um sein Studium zu beenden, konnte er mit elterlicher Unterstützung noch ein Auslandssemester in Brüssel absolvieren.

Mich fröstelt. Wäre es nicht schön, hier einzuschlafen, nicht mehr aufzuwachen, Herbert zu folgen? Ich suche nach einem scharfen Gegenstand in Griffnähe. Nichts Brauchbares ist auf die Schnelle zu finden. Die Nagelschere eignet sich nicht besonders gut, um sich die Pulsadern aufzuschneiden. Jetzt aus der Wanne steigen und ein Messer aus der Küche holen? Nein. Vielleicht das nächste Mal.

Erschöpft und ausgelaugt lehne ich mich mit dem Rücken wieder an die kalte Wannenwand. Mit halb geöffneten Augen erinnere ich mich an die erste Begegnung mit Herbert zurück.

V

Diese schicksalshafte Begegnung werde ich nie vergessen. Das Fin de Siècle hatte mittwochs immer geschlossen. Ich überlegte, was ich an diesem kalten Dezembertag anfangen sollte. Meine Vorbereitungen für die nächsten Prüfungen hatte ich abgeschlossen, zum Wiederholen fehlte mir die Lust und auch die Geduld. So bat ich Michelle, ob sie Zeit hätte, mit mir einen Stadtbummel zu machen. Ich hoffte, sie könnte mir Läden empfehlen, wo ich günstig zu Weihnachtsgeschenken und Mitbringseln käme. Meine Zeit in Brüssel näherte sich dem Ende, und ich wollte meine beiden Freundinnen mit köstlichen belgischen Pralinen überraschen. Die meisten Chocolatiers in der Innenstadt verlangten Apothekerpreise für die kleinen runden Verführungen. Michelle war begeistert, mich in ihrer Heimatstadt herumführen zu dürfen, und nicht einmal zehn Minuten später standen wir auf der Straße, dick in Schal, Mantel, Handschuhe und Haube gepackt, um dem eisigen Wind zu trotzen. Wir gingen schnellen Schrittes in Richtung Parc de Bruxelles, den ich vom Joggen kannte, vorbei an der Bibliothèque Royale de Belgique, weiter zum Musée Magritte. Kurz überlegten wir angesichts der frostigen Temperaturen, eine Tour durch das Museum zu nehmen, um unsere steifgefrorenen Glieder aufzutauen, aber wir verwarfen den Plan wieder. Der Grund des Ausfluges war, mich mit Süßigkeiten eindecken, statt Kunstwerke zu bestaunen. Über das Musée Juif de Belgique gingen wir weiter zum Egmont-Palast. Hierher lädt das belgische Außenministerium seine Staatsgäste ein. Ein imposantes Gebäude, mit großer Tradition.

Vorbei an all den Modehäusern internationaler Designer und den Nobelhotels, die ich aufgrund meiner schmalen Brieftasche nur von außen betrachten konnte, gingen wir weiter in Richtung Avenue Louise.

„Bon", sagte Michelle, „der Wind wird immer unfreundlicher, und es wird bald regnen. Ich schlage vor, wir suchen uns ein warmes Plätzchen, wo wir uns einen Kaffee gönnen und du in Ruhe Pralinen aussuchen kannst."

Ich hatte nichts dagegen. Obwohl ich es gewohnt war, bei fast jedem Wetter am Morgen durch Straßen und Gassen zu laufen, war auch mir zwischenzeitlich sehr kalt geworden. Meine Nase fühlte sich an, als wäre sie zu einem Eiszapfen erstarrt, und trotz der Handschuhe waren meine Finger klamm geworden.

Wir überquerten die Avenue und fanden bald eine nette kleine Chocolaterie, die Michelle mir empfahl. Dieser kleine Laden war mir von Anfang an sympathisch gewesen, erinnerte mich sein Name an meine Mutter.

Als ich endlich meine kleinen, aber feinen Geschenke in einer Tüte verpackt hatte, meinte Michelle:

„Komm, nun lassen wir es uns gut gehen. Ich kenne eine kleine Patisserie ganz in der Nähe. Die hat einen ausgezeichneten Cappuccino, und du musst unbedingt von den Köstlichkeiten dort probieren. Die Baisers zum Beispiel schmecken einfach himmlisch!"

Sie merkte, dass ich zögerte. Aus Erfahrung wusste ich, dass Brüssel keine Stadt für arme Studentinnen war.

„Ich lade dich zur Feier des Tages ein!", fügte sie hinzu und zwinkerte mir verschwörerisch zu. Sie kannte mich schon gut genug.

Um dem beginnenden Regen zu entfliehen, bewegten wir uns im Laufschritt in Richtung Patisserie. Sie war tatsächlich noch kleiner, als ich mir vorgestellt hatte. Gerade einmal drei Tische fanden in diesen Räumlichkeiten Platz, dafür aber war die mit wunderbaren Süßigkeiten gefüllten Vitrine umso beeindruckender. Wir hatten Glück, ein Tisch war noch frei. Michelle steuerte geradewegs auf diesen zu und platzierte ihre Handtasche, sodass es keinen Zweifel gab, dass er nun besetzt war.

Nachdem wir uns aus unseren Überbekleidungen geschält und diese an der Garderobe verstaut hatten, knöpften wir uns die Mehlspeisen vor. Beim bloßen Anblick derselben lief mir das Wasser im Mund zusammen, und die Entscheidung, welches dieser kleinen Kunstwerke am besten zu meinem Kaffee schmecken würde, war nicht einfach. Michelle empfahl mir, das Baiser mit der Himbeerdekoration zu probieren, sie selbst wählte zwei kleine, mit Schokolade übergossene und Obers gefüllte Eclairs. Nach getätigter Bestellung ließen wir uns gemütlich auf unseren Stühlen nieder.

Aus den Augenwinkeln konnte ich sehen, dass am Nebentisch zwei junge Männer gestikulierend diskutierten. Wenn ich mich nicht verhört hatte, sprachen sie italienisch. „Typisch Italiener", dachte ich, „sie brauchen Hände und Füße zum Reden." Ich schmunzelte insgeheim.

Nach einer gefühlten Ewigkeit wurden unsere Köstlichkeiten serviert. Der erste Schluck heißen Kaffees tat meiner Seele und noch mehr meinem durchgefrorenen

Körper gut. Vom Baiser ganz abgesehen. Der Geschmack stand dem verheißungsvollen Aussehen nicht im Mindesten nach. Langsam ließ ich die wunderbare Creme auf meiner Zunge schmelzen. Geniesserisch schloss ich meine Augen, um jede einzelne Zutat dieses hervorragenden Ganzen in mich aufzusaugen. Ich konnte mich nicht erinnern, wann ich das letzte Mal etwas Vergleichbares gegessen hatte. Auch Michelle setzte die Tasse mit einem zufriedenen „Hm!" ab und stach sich ein ordentliches Stück von ihrem Eclair mit der Gabel ab. Mit halb vollem Mund fragte sie: „Sag mal, wann wirst du mich eigentlich verlassen? Ich muss mich nämlich schön langsam um eine neue Mitbewohnerin kümmern. Die Miete für die ganze Wohnung kann ich mir nicht leisten."

Tja, das konnte ich verstehen. Die Mieten in Brüssel waren bei Gott kein Schnäppchen. Ein Zimmer auch nur für eine Woche leer stehen zu lassen, war reine Geldvernichtung.

„Ich werde in drei Wochen abreisen", antwortete ich etwas knapp, weil ich voll und ganz auf meinen Teller fokussiert war.

Weihnachten wollte ich in meinen eigenen vier Wänden verbringen, auch wenn ich allein lebte. Zumindest durfte ich Heiligabend nachmittags meine Freundin Nathalie mit ihrer Familie besuchen. Am Christtag war ich seit dem Tod meiner Mutter bei Christine zum Weihnachtskarpfen eingeladen.

„Das heißt, du wirst Weihnachten mit deiner Familie feiern? Das ist aber schön. Meine Eltern fliegen am 24.12. in die Karibik. Das werden für mich eher einsame Tage werden." Erzählte sie mir unbefangen.

Michelle wusste bis dahin nicht, dass meine Eltern nicht mehr am Leben waren.

„Meine Eltern sind schon vor geraumer Zeit verstorben", gab ich von mir, ohne meinen Blick vom Teller abzuwenden.

„Oh, deine Eltern sind tot? Das ist mir nun aber peinlich."

Michelle schaute betreten zu Boden.

„Du hast, seit du hier bist, eigentlich nie von deinen Eltern gesprochen, fällt mir jetzt auf", fügte sie berührt hinzu.

„Nicht so wichtig. Meine Mutter starb vor neun Jahren, mein Vater, als ich acht Jahre alt war. Meine Vergangenheit habe ich abgehakt. Die Gegenwart und die Zukunft sind mein Leben."

Ich schlug einen jovialen Ton an, denn ich bemerkte, wie unwohl sie sich gerade fühlte. Michelle spürte, dass ich keine Lust hatte, über mein Elternhaus zu reden. Nach einer kurzen Pause wechselte sie taktvoll das Thema.

„Was wirst du machen, wenn du wieder in Wien bist? Ich meine, mit Kunstgeschichte und Französisch? Das sind ja nicht gerade jene Fächer, die sich eine Jobgarantie auf die Fahnen geheftet haben."

Ich erzählte ihr, dass ich es nicht unbedingt eilig hatte, nach der Diplomprüfung in meinem Bereich zu arbeiten. Schließlich hatte ich ab meinem 17. Lebensjahr keine andere Wahl, als jede sich bietende Arbeit anzunehmen, um mich über Wasser zu halten. Ich hatte als Küchenhilfe gearbeitet, gekellnert, geputzt, aufgeräumt, auf fast unerziehbare Kinder aufgepasst, in Supermärkten Regale ein- und ausgeräumt und Nachhilfe in Französisch gegeben.

„Jedenfalls werde ich nicht gleich verhungern, wenn sich nichts Adäquates bietet", beendete ich meine Rechtfertigung für die Wahl meines Studiums.

„Du kannst dir auch einen reichen Mann suchen, heiraten und Kinder kriegen, und deine Profession wird zum Hobby."

Sie zwinkerte mir schelmisch zu und schob sich eine weitere Gabel voll mit der süßen Verführung in den Mund. Sie lachte mich an und fuhr fort: „Du bist jung, attraktiv, sportlich, intelligent. Was will ein Mann mehr?"

Lächelnd schüttelte ich den Kopf.

„Danke für das Kompliment. Aber ehrlich. Ist das deine Vorstellung vom Leben oder von einer Beziehung? Wieso studierst du dann Medizin? Du möchtest doch auch als Ärztin arbeiten und Menschen helfen oder forschen."

Sie grinste mich breit an: „Bist du verrückt? Ich beginne in einem Krankenhaus zu arbeiten, angle mir den Klinikvorstand und lass' mich von ihm aushalten. Heiraten muss ja nicht unbedingt sein, ist nicht mehr modern."

„Aha, das könntest du einfacher haben. Werde doch Krankenschwester, dann kannst du dein Vorhaben schneller verwirklichen." Konterte ich.

„Nein, dann wirst du nicht ernst genug genommen und endest womöglich als zeitweilige Gespielin. Das möchte ich nun auch wieder nicht. Also du siehst, ich habe mitgedacht."

Sie strahlte mich mit ihren hellen Augen an und wartete auf meine Bestätigung. Diese blieb aber aus.

„Hm, nun ja, so betrachtet." Murmelte ich.

Diese Denkweise war mir fremd. Ich konnte nicht verstehen, dass man sich einen Mann aus so niedrigen

Motiven wie Status, Geld und Erfolg angeln wollte. Für mich musste es Liebe sein, und wenn ich bis zum Ende meiner Tage hätte warten müssen.

Meine Gedanken glitten zu meinen Kindheitstagen ab, und ich sah meine Eltern vor mir, wie mein Vater zur Tür hinausging, wie meine Mutter seufzte und verstohlen ihre Tränen fortwischte. Das wollte ich auf keinen Fall.

„Susanne, möchtest du noch etwas trinken? Du bist auf einmal so still geworden. Geht es dir gut?"

Michelle betrachtete mich eingehend. Wir standen uns zwar nicht besonders nahe, aber sie hatte sehr feine Antennen, die jede Verhaltensänderung ihres Gegenübers meldeten.

„Ja, danke. Alles in Ordnung. Manchmal schweifen die Gedanken ab."

Ich lächelte sie entschuldigend an, dann fügte ich noch hinzu: „Gerne nehme ich noch einen Kaffee, den darf aber ich selbst bezahlen."

„Non, non! Ich habe dich eingeladen", widersprach sie heftig.

Sie hob ihre Hand und deutete dem Kellner, er möge zwei Cafés au lait servieren. Währenddessen beobachtete ich aus den Augenwinkeln, dass einer der beiden Italiener am Nebentisch nach der Rechnung verlangte. Sein Französisch war perfekt. Nachdem die Herren bezahlt hatten, standen sie auf und setzten an, in Richtung Garderobe zu gehen. In diesem Moment kam der Garçon um die Ecke geschossen, mit unseren Getränken auf dem Tablett.

In Zeitlupe lief ein Film ab. Der eine der beiden Gäste drehte sich um, weil er seinen Schal auf dem Sessel vergessen hatte, und der Kellner touchierte ihn mit dem Ellbogen. Das Tablett in seiner rechten Hand begann zu schwanken, und ehe er es mit der linken aufhalten konnte, fiel es ihm aus der Hand auf den Boden. Der dabei verschüttete Kaffee verteilte sich auf Boden, Sessel und auf dem hellen Pullover des vermeintlichen Italieners.

„Excusez moi!", stammelte der Ober und begann hektisch, mit einer auf dem Tisch liegenden Serviette den Pullover des Gastes abzuwischen.

Ich musste innerlich lachen. Nicht aus Schadenfreude, aber die gesamte Situation wirkte auf mich komisch. Auch Michelle schaute sich das Geschehen mit einem amüsierten Lächeln an.

„Lassen Sie das!", antwortete dieser etwas unwirsch und zu meiner Überraschung auf Deutsch.

Ich fühlte mich bemüßigt aufzustehen und mich auch zu entschuldigen, schließlich war der Ober auf dem Weg zu unserem Tisch. Wieso ich mich für den Fauxpas eines anderen schuldig fühlte, war nicht nachvollziehbar. Vielleicht hatte mein Unterbewusstsein das Bedürfnis, diesen umwerfend gut aussehenden Typen näher kennenzulernen.

Wie in Trance erhob ich mich und stotterte so etwas wie: „Tut mir sehr leid."

„Schon gut!", brummte er und zog merklich die Augenbrauen hoch. „Sie sprechen deutsch?", fragte er eine Nuance freundlicher.

„Ja, ja", stammelte ich verlegen. „Ich, ähm, ich bin Österreicherin."

„Susanne, reiß dich zusammen! Was ist in dich gefahren? Seit wann erzählst du einem Wildfremden, woher du kommst?", tadelte ich mich innerlich. Etwas hilflos blickte ich zu Michelle, die nur mit den Schultern zuckte. An ihrem breiten Gesicht sah ich, dass sie einem Lachanfall nahe war.

„So, so", erwiderte der hübsche Mann, „angenehm. Ich bin Herbert und ebenfalls aus Österreich."

Sein Lächeln war herzlich und warm.

Im Gegensatz zu Herbert schien sein Gesprächspartner nicht auf Konversation zu stehen. Er wartete ungeduldig vor der Garderobe, den Mantel bereits an und eine Mütze tief in die Stirn gezogen.

„Andiamo, Herbert, e tardi", sagte er leicht genervt in unsere Richtung.

„Si, si un attimo", antwortete Herbert, und an mich gerichtet: „Schade, ich muss leider gehen. Aber wie war dein Name? Ich schlage vor, wir treffen uns morgen um 15 Uhr hier und machen eine Nachbesprechung des eben Geschehenen."

Ohne ein Wort von mir abzuwarten, ging er ebenfalls zur Garderobe, nahm seine Jacke vom Haken und zog sie an. Am Türabsatz drehte er sich noch einmal um und rief mir zu: „Nicht vergessen! Bis morgen!"

Dann verschwand er hinaus in den Regen.

Langsam löste ich mich aus meiner Erstarrung und sah zu Michelle.

„Was war das eben?", fragte ich sie mit weit aufgerissenen Augen.

Michelle hob ihre linke Schulter und legte die Stirn in Falten. Dann hob sich ihr rechter Mundwinkel.

„Du hast morgen ein Date", war das Einzige, was sie mir sagte.

Dabei legte sie ihren Kopf schief, und kleine Lachfältchen bildeten sich in ihren Augenwinkeln.

Ich setzte mich hin und begann zu schnauben: „Eine dümmere Anmache ist ihm wohl nicht eingefallen. Außerdem duzt dieser Typ mich ungefragt. Er glaubt doch nicht ernsthaft, dass ich morgen um 15 Uhr hier sein werde. Womöglich wie bestellt und nicht abgeholt. Eigentlich eine Frechheit!"

Je länger ich mich alterierte, desto mehr begann Michelle zu schmunzeln.

„Gib es zu, dir gefällt der Typ, n'est-ce pas?"

Was sollte ich sagen? Ja, er sah verdammt gut aus. Ich hatte mir eigentlich immer wenig aus gut aussehenden Männern gemacht. Ob ich jemanden mochte oder nicht, ich versuchte immer, rational zu urteilen. Selbst meine wenigen One-Night-Stands waren nicht von Faktoren wie dem Aussehen meines aktuellen Geschlechtspartners getrieben.

Aber was genau war heute geschehen? Was hatte mich derart in den Bann gezogen, dass meine Knie in seiner Gegenwart beinahe versagt hätten? Waren es seine auffallenden, fast katzenartig grünen Augen, sein dunkelblondes, dichtes, wirres Haar oder seine hübschen Grübchen in der Wange, wenn er lachte? Seine Stimme klang in meinen Ohren nach. Sie war überzeugend, fest, sonor, männlich mit einer angenehm weichen Note.

„Nun ja, er sah schon gut aus, aber deswegen braucht er nicht zu glauben, dass ich einer solch plumpen Einladung Folge leiste. Ich bin doch kein billiges Mädchen!"

Abermals hob ich eine gekünstelte Schimpftirade an. Michelle winkte ab.

„Hör mal", sagte sie nun mit einer Portion Ensthaftikgkeit, „ich würde morgen einfach herkommen und mich einladen lassen. Was ist schon verkehrt daran? Ob du ihn magst oder nicht, kannst du auch morgen entscheiden. Und wenn es passt, kannst du ja einem tête-à-tête für eine Nacht zustimmen. Oder bist du prüde?"

Ihr Blick durchbohrte mich fast.

„Na, mal halblang! Ich bin nicht prüde, aber ich habe meinen Stolz. Für mich ist das Thema erledigt."

Gekränkt verschränkte ich meine Arme vor der Brust. Wie konnte sie glauben, dass ich verklemmt und unaufgeschlossen sei?

„Okay."

Michelle machte einen Rückzieher. Sie nippte an ihrer Tasse. Eine Weile saßen wir schweigend da und betrachteten den Nieselregen durch das Fenster, der sich nun über ganz Brüssel ausgedehnt zu haben schien. Die Situation hatte auf die Stimmung gedrückt, und Michelle und ich brachten unsere Unterhaltung nicht mehr richtig in Gang. Michelle bezahlte, und wir traten gemeinsam den Rückweg zu unserer Wohnung an. Sie erwähnte mit keinem Wort mehr mein potenzielles Date am nächsten Tag.

VI

Donnerstags musste ich um 9 Uhr im Museum meinen Dienst antreten. Für gewöhnlich arbeitete ich bis 13 Uhr. Gerade an diesem Tag rief mich meine Kollegin an, ob ich auch den Nachmittagsdienst übernehmen könne, sie sei krank. Ich überlegte nur kurz.

„Pardon, aber ich kann leider auch nicht. Ich muss mich auf meine Prüfung vorbereiten", log ich.

Michelle hatte recht. Wieso sollte ich nicht in die Patisserie gehen und mir einen netten Nachmittag gönnen? Es fiel mir zwar nicht leicht, diesem Impuls nachzugeben, aber was hatte ich schon zu verlieren? In drei Wochen würde ich aus dieser Stadt verschwinden. Zumindest könnte ich meinen Freundinnen von einem kleinen Abenteuer berichten. Ich war immerhin fünfundzwanzig und ungebunden.

Nach getaner Arbeit eilte ich nach Hause, um mich für das Treffen umzuziehen. Meine Garderobe war angesichts meines Einkommens nicht üppig gefüllt und beinhaltete auch keine teuren Markenstücke. Sofern ich mich erinnern konnte, hatte Herbert in dunklen Jeans, die nicht nach Stangenware aussahen, und einem hellen Pullover gesteckt. Auch dieser hatte den Anschein gemacht, dass er nicht in einem der Billigketten erstanden worden war.

Nicht, dass Mode in meinem Leben eine besonders große Rolle spielte, aber ich wollte bei meinem ersten

Rendezvous mit diesem Beau zumindest eine passable Figur abgeben. Nach einigen Abwägungen gab ich meiner schwarzen engen Jeans den Vorzug, um meine langen Beine zu betonen, und wählte dazu ein olivfarbenes Langarmtop mit Rundhalsausschnitt. Ein kleines buntes Seidentuch rundete mein Outfit ab.

Viel zu früh machte ich mich zu Fuß auf den Weg. In diesem Tempo wäre ich um 14 Uhr dort gewesen. Kurz entschlossen ging ich noch einen Umweg und hielt Ausschau nach einem Kiosk. Meine Zeit, bis Herbert vielleicht auftauchte, hätte ich mit Zeitunglesen verbringen können. Die Idee gefiel mir ausgesprochen gut. Sollte er mich sitzen lassen, hätte ich wenigstens eine Lektüre, um mir die Zeit zu vertreiben.

Schließlich betrat ich die Patisserie eine halbe Stunde zu früh. Ich legte meine Jacke ab und wollte schon auf den einzig freien Tisch zusteuern. Als ich aber um mich blickte, sah ich an einem der Tische einen Mann allein sitzen, mit dem Rücken zur Eingangstür. Unverkennbar. Es war Herbert. Vertieft in eine Zeitschrift, die sehr wissenschaftlich aussah, und ein Champagnerglas vor sich, saß er mit überkreuzten Beinen da. Selbst von hinten meinte ich, seine einzigartige Ausstrahlung zu spüren.

Langsam ging ich auf ihn zu und klopfte ihm auf die Schulter. Er fuhr herum.

„Übrigens, ich heiße Susanne."

Er stand auf und lächelte mich überaus charmant an. Keine Spur von Arroganz, Überlegenheit, Siegessicherheit oder Freude darüber, eine Beute an der Angel zu haben.

„Es freut mich sehr, dass du gekommen bist. Bist du öfter hier? Ich habe dich noch nie gesehen."

„Nein, eigentlich nicht. Und du?"

„Das ist mein Stammcafé, könnte man sagen. Ich bin fast jeden Nachmittag hier, manchmal mit Freunden, manchmal allein. Komm, setz dich."

Wie ein Kavalier der alten Schule half er mir aus meiner Jacke, verstaute sie an der Garderobe und rückte mir anschließend den Sessel zurecht.

„Danke", erwiderte ich.

Ich war froh, mich hinsetzen zu können, meine Knie waren weich, und in meinem Hirn war gefühlt nur Nebel. „Susanne, was machst du da?", schalt ich mich innerlich. Herbert bemerkte meine Unsicherheit und eröffnete das Gespräch.

„Also, ich möchte mich für mein gestriges Verhalten entschuldigen. Es erschien wirklich wie eine blöde Anmache. Das ist normalerweise nicht mein Stil. Ich war ein wenig aus der Fassung, zuerst leert Hugo (so schien der Kellner hier zu heißen) den heißen Kaffee über meinen frisch gereinigten Pullover, dann sehe ich in ein hübsches Gesicht, das ich hier noch nie gesehen habe, und obendrauf spricht diese Dame auch noch Deutsch mit ganz klarem Wiener Akzent."

„Aha."

Es fiel mir nichts Besseres ein. Inzwischen stand Hugo an unserem Tisch wartete darauf, unsere Wünsche entgegenzunehmen.

„Für mich das Übliche. Und was möchtest du, Susanne?"

„Ich nehme einen Jus d'orange und deux Eclairs au chocolat."

Höflich wartete er, bis Hugo sich umdrehte und hinter der Theke verschwand. Dann wandte er sich wieder an mich.

„Was machst du hier in Brüssel?"

Seine unbefangene und freundliche Art ließen das Eis rasch schmelzen und ich lehnte mich entspannt zurück.

Ich erzählte bereitwillig von meinem Studium und dass mein Wunsch, mein Französisch zu optimieren, mich nach Brüssel verschlagen hatte. Wieso ich sofort Vertrauen zu ihm fasste, war mir ein Rätsel.

„Wieso nicht Frankreich? Wieso nicht Paris?", fragte er in einer Erzählpause.

Nun musste ich zugeben, dass ich lieber ein halbes Jahr in Paris verbrachte hätte als hier. Mein Entschluss, Wien für ein paar Monate zu verlassen, war damals sehr kurzfristig gewesen. In Paris war weder eine erschwingliche Unterkunft in guter Lage noch ein brauchbarer Job mit einem Gehalt, mit dem man die sechs Monate überleben konnte, zu kriegen. Er nickte zustimmend, als ob ihm dieses Problem bekannt gewesen wäre.

„Nun bist du an der Reihe", sagte ich erwartungsvoll.

In der Zwischenzeit brachte Hugo unsere Bestellung. Herbert schien sich öfter ein Glas Champagner zu gönnen und dazu ein Brötchen mit Lachs und Zitrone.

„Nun", sagte Herbert, „da gibt es nicht viel zu erzählen. Ich absolviere hier mein Erasmus-Semester im Rahmen meines Studiums ‚Biologische Chemie'. Danach geht es zurück an die Uni Wien, und ich werde voraussichtlich im Mai meinen Master abschließen. So Gott oder besser gesagt der Arbeitsmarkt will, geht es anschließend ans Brötchenverdienen. Mit meiner Fachvertiefung in Lebensmittelchemie rechne ich schon, dass ich bald einen Job bekommen kann", schloss er seine Ausführungen ab.

Während er erzählte, musterte ich ihn genauer. Er war ein ausgesprochen gepflegter Mann. Seine Hände mussten scheinbar keine harten Arbeiten verrichten, die Fingernägel hatte er perfekt maniküriert. Er hatte schöne schlanke, lange Finger. Instinktiv suchte ich nach einem Ring oder Spuren, dass er häufig einen trägt, konnte aber nichts derlei finden.

Sein Gesicht war ebenmäßig, die Nase gerade und nicht zu groß. Er hatte eine ausnehmend glatt rasierte Haut. Keine Narben, kein Pickel fanden sich in seinem Gesicht, nichts, was seine Schönheit gestört hätte. Sein dichtes, dunkelblondes Haar war frisch gewaschen und ordentlich zurückgekämmt. Ob die beiden Strähnen, die in seine Stirn fielen, sich zufällig dahin verirrt hatten? Er trug wieder einen beigefarbenen, teuren Pullover. Diese Farbe ließ seine schönen großen grünen Augen, die von dichten, dunklen Wimpern umrahmt waren, wunderbar zur Geltung kommen.

Ich musste ihn unglaublich fasziniert angeglotzt haben, denn er lächelte mich nachsichtig an, als wollte er sich für sein Aussehen entschuldigen. Als er mit dem Erzählen fertig war, ließ ich das Bild noch einige Sekunden auf mich wirken, ehe ich mich wieder auf die Unterhaltung konzentrieren konnte.

„Wieso sprichst du fließend französisch und auch noch italienisch, wie ich gestern bemerkte?", fragte ich neugierig.

„Ach", sagte er, „das ist eine einfache Geschichte. Meine Mutter ist Französin, sie stammt aus Menton, das ist ein kleiner Ort an der französisch-italienischen Grenze. Ihre Mutter ist Italienerin, aus Ventimiglia, und legte großen Wert darauf, dass alle Familienmitglieder auch die italienische Sprache beherrschen. So war ich in jungen Jahren gezwungen, mit meiner Großmutter italienisch zu sprechen. Es hat mir nicht geschadet. Und du? Hast du auch einen zweisprachigen familiären Hintergrund, weil du dich für Französisch entschieden hast?"

„Nein", antwortete ich ungewollt ein wenig zu barsch. Ich hasste es, auch nur im Ansatz auf meine Familie angesprochen zu werden.

„Uh, Familie ist wohl nicht dein Ding", entgegnete er freundlich und bohrte nicht weiter.

Herbert dagegen erzählte mir, dass er behütet und finanziell gut ausgestattet als Einzelkind aufgewachsen sei und dass er ein schönes Loft in der Wiener Innenstadt nahe dem Karlplatz bewohne. Seinen Hobbys konnte er aufgrund der Brieftasche seines Vaters getrost nachgehen. Im Winter Ski fahren in Wagrain, wo die Eltern eine kleine Almhütte besaßen, im Sommer Wasserski fahren am Wörthersee oder je nach Laune auch in der Karibik, Tennis spielen und, wenn genügend Zeit blieb, eine Golfrunde mit seinem verehrten Vater drehen.

„Deiner Statur nach bist du aber auch sehr sportlich", meinte er. „Also erzähl mal, was machst du so, um deinen Body derart gut in Schuss zu halten?"

Ich erzählte ihm, dass meine Freizeit in den letzten Jahren spärlich ausfiel, da ich neben dem Studium auch arbeiten musste. Noch verschwieg ich, dass meine Eltern tot waren. Das ging ihn meines Erachtens nichts an. Als ich erwähnte, dass ich jeden Morgen eine Stunde joggen ging und Karateübungen machte, hob er die Augenbrauen.

„Karate, so, so. Dann muss ich mich vor dir in Acht nehmen. Das könnte bei sehr engem Kontakt schmerzhaft oder gar tödlich enden." Und er fügte hinzu: „Ich hatte einen Freund, der machte Karate, der konnte mit einem einzigen Handkantenschlag zehn Dachziegel durchschlagen."

„Tja", antwortete ich, „alles eine Frage der Technik. So ein Genick ist schnell mal ab."

Bei dieser Vorstellung mussten wir beide lachen.

„Ich werde also sehr vorsichtig vorgehen müssen. Womöglich überlebe ich ansonsten einen Annäherungsversuch gar nicht."

Er grinste mir breit und frech ins Gesicht. War das wieder eine Anmache? Mein Bauch wurde warm, und ich bemühte mich, seine Bemerkung zu ignorieren. Wünschte ich mir etwa, dass Herbert um mich warb? Mein Instinkt sagte mir: „Hände weg von diesem Mann." Aber mein Verstand wurde eben Opfer meiner Begierde.

Bevor ich kontern konnte, wechselte er dezent das Thema und wagte sich nochmals auf gefährliches Terrain.

„Wie sehen es denn deine Eltern, dass so ein hübsches und zartes Wesen sich für einen Kampfsport interessiert?"

Er stützte seine Ellbogen auf dem Tisch ab und schob sein Kinn erwartungsvoll in meine Richtung.

„Es war die Idee meiner Mutter, damit ich mich gut verteidigen kann. Vor allem gegen allzu aufdringliche Männer."

Meine Antwort fiel schnippisch aus. Sie hätte witzig klingen sollen. Aber ich war nicht besonders geübt, mich zu verstellen. Irritiert sah ich Herbert an, er sagte aber kein Wort. Um die gute Stimmung nicht gänzlich zu vermiesen, fügte ich leise, fast unhörbar, hinzu: „Meine Eltern sind tot."

„Oh, entschuldige, das tut mir sehr leid."

„Nein, schon gut", schnitt ich ihm das Wort ab, „ist lange her."

Ich konnte sehen, dass Herbert ehrlich betroffen war. Er schwieg. Seine Augen baten um Verzeihung. Im Innersten hoffte ich, dass dieses Rendezvous nicht die einzige Begegnung mit ihm bliebe.

Krampfhaft suchte ich nach einer Lösung, ein Wiedersehen mit ihm möglich zu machen. Nach einer Gesprächspause fragte ich: „Sag mal, warst du schon beim Atomium?"

„Ja, klar, du etwa nicht?"

„Nein, ich hatte noch nicht die Zeit und Muße."

Überrascht blickte er mich an.

„Schon so lange in Brüssel, und du hast das Wichtigste ausgelassen? Dann solltest du aber rasch jemanden finden, der mit dir hinfährt. Wenn ich es richtig verstehe, fährst du in drei Wochen wieder heim nach Wien."

„Ja, allerdings, und ich weiß nicht, ob ich in absehbarer Zeit wieder nach Brüssel komme. Schließlich ziehe ich Frankreich vor." Ohne lange Nachzudenken sagte er: „Ich mach' dir ein Angebot. Am Samstag begleite ich dich zum Atomium, und am Sonntag kochst du mir was Schönes zu Mittag."

Er lächelte mich charmant an. Ich spürte Hitze in mir aufsteigen und wusste nicht, ob ich jauchzen oder mich darüber ärgern sollte, dass es für ihn selbstverständlich zu sein schien, dass ich kochen kann. Er konnte nicht wissen, dass ich die beste Quiche lorraine Europas zubereitete. Da wäre selbst Paul Bocuse vor Neid erblasst. Nach einem kurzen taktischen Zögern nahm ich sein freundliches Angebot mit einem strahlenden „Okay" an.

Völlig unvermutet nahm er meine Hand, gab mir einen Kuss auf den Handrücken und raunte mit samtweicher Stimme: „Ich freue mich."

Angeregt unterhielten wir uns noch über Brüssel, Frankreich und Wien. Er erzählte von Reisen mit seinen Eltern in Kindheitstagen. Ich hörte nur mehr halb zu, weil ich beschäftigt war, mir sein schönes Gesicht detailgetreu einzuprägen. So sehr ich es verdrängen wollte, ich hatte mich bereits in ihn verliebt.

Nach zwei Stunden orderte er die Rechnung.

„Susanne, ich darf dich einladen."

Kurz protestierte ich, doch schließlich blieb mir nur mehr ein „Ja, danke sehr".

„Es hat mich sehr gefreut, dass du gekommen bist und wir uns wiedersehen werden", sagte er höflich und für meinen Geschmack fast zu förmlich.

„Gib mir deine Adresse und deine Mobilnummer, ich hole dich am Samstag um 14 Uhr ab."

Ohne lange zu überlegen, gab ich ihm die gewünschten Daten.

„Ähm. Könnte ich eventuell auch deine Mobilnummer haben? Falls etwas dazwischenkommt ...", fragte ich zögernd.

Vielleicht würde ich in den nächsten Tagen doch noch zur Vernunft kommen und das Treffen absagen.

Schließlich brachen wir auf, er half mir galanterweise in meine Jacke, und wir verließen die Patisserie.

„Adieu, dann bis übermorgen."

Er drückte mir einen flüchtigen Kuss auf meine Wange und ging in Richtung Avenue Louise, ohne sich noch einmal nach mir umzudrehen. Ich stand noch eine Weile wie angewurzelt da und sah ihm nach. Mein Bauch war voller Schmetterlinge. So musste es sich anfühlen, wenn man richtig verliebt war!

Aber konnte man sich tatsächlich in zwei Stunden verlieben? Was war denn schon Großartiges geschehen? Wir hatten geplaudert und Kaffee getrunken, und er lud mich ein, das nächste Wochenende mit ihm zu verbringen. Nun, das sollte bei alleinstehenden Männern vorkommen.

War er tatsächlich solo? Vielleicht wartete in Wien eine Freundin auf ihn, und er langweilte sich nur hier in Brüssel. Wie konnte ein so attraktiver Mann sich für mich interessieren? Je länger ich nachdachte, desto unwahrscheinlicher erschien es mir, dass er mir die gleichen Gefühle entgegenbrachte wie ich ihm. Bestimmt fuhr er doppelgleisig, das machten doch alle Männer.

Meine Urängste und mein Zorn aus längst vergessenen Tagen stiegen wieder auf. „Männer verletzen Frauen, Männer betrügen, Männer sind unehrlich. Männer treiben Frauen zu Taten, die sie sich in ihren schrecklichsten Träumen nicht ausmalen würden. Männer …"

Ich zog meine Jacke enger und beschleunigte meine Schritte. Es war bitterkalt, und der Wind blies mir um die Nase.

Nein, ihm war langweilig, und ich sollte nächstes Wochenende sein Zeitvertreib sein! Bestimmt!

Je länger ich in der Kälte ging, umso zorniger wurde ich. Auf ihn, auf mich. „Reiß dich am Riemen, Susanne! Wann hast du schon schlechte Erfahrungen mit dem anderen Geschlecht gemacht? Man kann doch nicht alle Männer in einen Topf werfen. Es gibt auch schlechte Frauen, die ihre Männer hintergehen, belügen, betrügen. Und auch solche, die sich aus purem Egoismus in Ehen und Beziehungen drängen und diese ruinieren. Du bist nicht wie deine Mutter", schalt ich mich selbst.

Verwirrt, unsicher und trotzdem irgendwie glücklich sowie vom Regen komplett durchnässt kam ich in der Wohnung an. Ich hatte in all der Aufregung meinen Regenschirm in der Patisserie liegen lassen. Zum Glück war Michelle nicht zu Hause, denn ich wollte keine Rechenschaft über den Nachmittag und womöglich auch noch über meine Gefühle ablegen müssen.

Ich ging ins Bad, zog meine nasse Kleidung aus, trocknete mir die Haare und hüllte mich in meinen kuscheligen Bademantel. Danach setzte mir einen Tee auf. Ich musste über meinen Zustand nachdenken, über das, was heute mit mir geschehen war, über das, was ich am Wochenende machen sollte.

Endlich war mein Tee fertig, und ich zog mich mit der wärmenden Tasse in mein Zimmer zurück. Heute wollte ich mit niemandem mehr sprechen.

Mein Handy vibrierte – eine SMS.

„Hab' den Nachmittag mit dir genossen, freue mich auf Samstag. Kuss, H."

Kuss, H? Das war nicht sein Ernst! Was sollte ich antworten? „Ich auch" oder „Danke für die Einladung", „Ich habe mich in dich verliebt"? Nein.

Zuerst brauchte ich Ordnung im Kopf. Leider stiegen wieder meine alten Zweifel in mir hoch. Ich hatte mir doch mit neunzehn geschworen, mich nie zu verlieben, nie mit einem Mann zusammenzuleben und schon gar nicht zu heiraten. Zu sehr lastete das Erbe meiner Mutter auf meinen Schultern.

VII

Das Wasser wird kalt.

Ich lasse noch einmal kurz heißes Wasser aus dem Auslauf rinnen. Meine Haut ist schrumpelig, die Finger- und Zehenspitzen weiß. Ich muss raus.

Langsam stehe ich auf und steige vorsichtig, um nicht auf dem glatten Fliesenboden auszurutschen, aus der Wanne. Ich hole mir ein großes Badetuch vom Heizkörper und wickle mich darin ein. Wieder befällt mich dieses grausame Schwindelgefühl. Ich setze mich auf den Wannenrand und halte mich fest. Noch ein Versuch. Ich richte mich vorsichtig auf.

Eingehüllt in mein Badetuch und mit nassen Füßen schlurfe ich ins Wohnzimmer.

Ich setze mich auf meine Couch und schalte den Fernseher ein. Zur Ablenkung. Es läuft eine amerikanische Sitcom zum Mitlachen. Ich hasse diese Sendungen aus tiefstem Herzen. Vielleicht, weil meine Mutter sie bis zum Erbrechen angesehen hatte. Ich bin überzeugt, dass sie sich nicht aus Interesse oder Leidenschaft diese fürchterlichen Dinger reingezogen hatte, sie hatte es aus dem gleichen Grund getan wie ich jetzt: um zu vergessen.

Ich muss eingenickt sein, denn die Hausglocke weckt mich auf. Wer läutet sonntags am Vormittag an meiner Tür? Bestimmt ein Zeuge Jehovas, der mich bekehren möchte, oder die Nachbarin, die wieder einmal vergessen hat, Eier, Mehl oder Zucker vor dem Wochenende einzukaufen. Ich mag nicht aufmachen.

Es klingelt noch einmal. Man kann von außen erahnen, dass ich zu Hause bin. Mein Auto steht in der Einfahrt. Ich erhebe mich seufzend vom Sofa, gehe ins Badezimmer, um mir eine Hose und ein T-Shirt überzustreifen. Dann gehe ich zur Tür und öffne sie. Manuel steht in seiner ganzen Pracht vor mir. Ich erstarre.

„Was willst du?", frage ich mit schneidender Stimme.

Er grinst mich unverschämt an.

„Darf ich reinkommen? Ich denke nicht, dass wir die Angelegenheit zwischen Tür und Angel besprechen sollten."

Ich baue mich im Türrahmen auf und lasse keinen Zweifel daran, dass er dieses Haus nicht betreten wird.

„Lass mich in Ruhe. Es geht mir nicht gut, wie du unschwer erkennen kannst."

Bebend stehe ich vor ihm. Meine Stimme zittert und ist unnatürlich hoch.

„Nun, glaubst du, mir geht es etwa gut? Schließlich haben wir beide einen geliebten Menschen verloren, nicht wahr?"

Wie eine Raubkatze vor dem Sprung beobachtet er mich. Ich kann seinem süffisanten Lächeln nicht standhalten und verliere endgültig die Contenance.

„Du wagst es, von einem geliebten Menschen zu sprechen?", schreie ich ihn an. „Verzieh dich, sonst rufe ich die Polizei!"

Meine Stimme überschlägt sich förmlich, bevor sie mir fast versagt, weil ein riesengroßer Kloß in meinem Hals steckt.

„Spannend, wenn du die Polizei rufst. Findest du nicht?"

Er macht einen weiteren Schritt auf die Türschwelle zu. Ich muss allen Mut zusammennehmen, um ihn nicht körperlich zu attackieren. Mit geballten Fäusten stehe ich da, die Tränen rinnen mir über meine heißen Wangen. Mein Leben liegt in Scherben, und es gibt nicht genug Kleber, um es zu kitten.

„Solltest du es noch einmal wagen, mich zu belästigen ...", zische ich und hebe drohend meinen Arm.

„Was dann?", fragt er, noch immer mit diesem widerlich höhnischen Gesichtsausdruck. „Wird es mir wie Herbert ergehen?"

„Verschwinde!" ist das Einzige, was ich zwischen meinen Zähnen hervorbringe, und ich knalle die Tür zu.

Bebend vor Zorn und auch Angst setze ich mich auf den Vorhausboden und beginne bitterlich zu weinen.

VIII

Endlich fiel mir eine Antwort auf die SMS von Herbert ein:
„Danke für den schönen Nachmittag. Wir sehen uns am Samstag. Gruß, S."

Ich hoffte so sehr, dass er meine Antwort nicht zu kühl fand, aber ich wollte meine Gefühle nicht sofort offenbaren.

Der nächste Tag war wohl der längste Freitag in meinem Leben. Er wollte und wollte nicht enden. Vormittags war ich wie gewohnt im Fin de Siècle, und den Nachmittag verbrachte ich mit Einkaufen für das Sonntagsmenü sowie mit dem Aufräumen meines Zimmers. Michelle war inzwischen über meinen Zustand im Bilde, und sie versprach mir, am Sonntag Leine zu ziehen und ihren Eltern einen Besuch abzustatten. So sehr ich sie auch mochte, bei meiner ersten Einladung musste ich sie nicht unbedingt mit von der Partie haben. Sie fand es schade, kein Stück von meiner Quiche abzubekommen, denn sie liebte sie. Aber sie hatte Verständnis für meine Situation.

„Ich kann auch bei meinen Eltern übernachten", bot sie mir mit einem zweideutigen Schmunzeln an.

Ich winkte ab.

„Soweit werde ich es nicht kommen lassen", meinte ich und versuchte möglichst uninteressiert an Sex mit Herbert zu klingen.

Insgeheim hoffte ich allerdings schon, dass wir uns näherkommen würden.

Am besagten Freitagabend ging ich früh ins Bett, um am nächsten Morgen eine ausgedehntere Runde laufen zu können. Ich wollte mich fit und frisch fühlen, wenn Herbert mich abholte.

Nach meinem Sport duschte ich ausgiebig und ließ mir für meine Morgentoilette etwas mehr Zeit als üblich. Danach versuchte ich die Zeit mit Lesen totzuschlagen, konnte mich aber nicht ernsthaft auf meine Lektüre konzentrieren. Wie ein kleines Mädchen, das ungeduldig auf das Christkind wartet, so kam ich mir vor.

Kurz vor 14 Uhr erhielt ich eine SMS: „Bin auf dem Weg und in 5 Minuten vor deiner Haustür." Endlich. Schnell schlüpfte ich in meine Sneakers, schnappte mir meine Strickweste vom Garderobenhaken, stopfte Schlüssel, Handy und Portemonnaie in die Jackentasche und ließ die Wohnungstür von außen ins Schloss fallen. Ich lief die Treppen vom 3. Stock hinunter und wartete vor dem Portal auf Herbert. Zum Glück war uns das Wetter hold, und nach tagelangem Nieselregen und Nebel blinzelte die Sonne durch.

Ein roter Sportwagen hielt direkt vor mir an. Herbert sprang aus dem Auto, umrundete es und hielt mir die Tür auf.

„Bonjour Madame! Voilà!"

Ich ließ mich auf den Beifahrersitz plumpsen und drückte ihm, nachdem er eingestiegen war, einen Schmatz auf die linke Wange. Er quittierte meine Begrüßung mit einem „Oh, danke schön!", während er bereits den Gang einlegte und auf das Gaspedal trat.

„Gehört dir der Wagen?"

Ich war über den fahrbaren Untersatz doch einigermaßen überrascht.

„Nein, ist bloß ein Leihwagen für dieses Wochenende. Ich dachte, bei diesem Wetter ist U-Bahn-Fahren keine Option."

Er strahlte mich an. Verstohlen betrachtete ich sein Profil. Er sah von der Seite genauso gut aus wie von vorn.

„Welche Musik bevorzugst du?", fragte er mich.

„Hm, eigentlich mach' ich mir nicht viel aus Musik. Solange es keine Wiener Lieder, Marschmusik oder Discosound ist, halte ich alles aus. Gerne höre ich Joan Baez oder Bob Dylan. Ich mag das Lyrische in Liedern sehr gerne. Die Texte regen häufig zum Nachdenken an."

„Damit kann ich leider nicht dienen. Du bist ein sehr ernster Mensch, nicht wahr?"

Die Frage kam unvermutet für mich, und ich wusste nicht so recht, wie sehr ich mich ihm bereits anvertrauen wollte. Daher zögerte ich kurz mit meiner Antwort.

„Nun ja, das kommt vielleicht daher, dass ich früh erwachsen werden musste. Wo andere ihre Teenager- und Jugendjahre genießen durften, musste ich für mich selbst sorgen."

„Verstehe", murmelte er und fragte, Gott sei Dank, nicht weiter. Ich wollte an einem so schönen Tag nicht an früher erinnert werden und entspannte mich.

Herbert fuhr viel zu schnell, und ich fürchtete schon, dass bald die Polizei mit Blaulicht hinter uns her sein würde. Trotz der Geschwindigkeit hatte ich aber keine Angst. Er schien das Fahrzeug gut im Griff zu haben. Wir sprachen bis zum Atomium wenig, Herbert schien sich ganz auf das Fahren zu konzentrieren. Es machte mir nichts aus. Ich genoss daneben seine Anwesenheit und atmete immer wieder tief, aber unmerklich seinen wunderbaren Duft ein.

Ja, ich war verliebt! Es war nun an mir, mich auf diesen Zustand einzulassen und meine Ängste vor einer ernsthaften Beziehung zu verscheuchen. Genießerisch schloss ich die Augen und wünschte, dieser Moment möge nie vorübergehen.

Nach einer rasanten, aber sicheren Fahrt waren wir beim Atomium angekommen. Die Parkplatzsuche nahm ein wenig Zeit in Anspruch, denn nicht nur wir nutzten den Sonnentag für einen Ausflug. Endlich fand Herbert eine Lücke.

Als ich aus dem Auto aussteigen wollte, sagte er: „Einen Moment, bitte."

Er stieg aus, lief um das Auto herum und hielt mir die Beifahrertür zum Aussteigen auf. Da fiel mir der Spruch ein: Wenn ein Mann einer Frau die Beifahrertür aufhält, ist entweder das Auto neu oder die Frau. Ich musste lächeln.

Langsam schlenderten wir über den Parkplatz und dann hinein in das Gelände, wo das Bauwerk stand. Herbert erzählte mir, dass es für die Expo 58 errichtet worden und ursprünglich höher geplant gewesen sei. Aus Gründen der Flugsicherheit war es letztendlich nur 102 Meter hoch geworden. Es war eine miiliardenfache Vergrößerung einer Eisenzelle. Er erzählte mir alles, was er über diesen Bau je gelesen hatte. Es war eine Freude seinen Worten zu lauschen. Ich verstand inhaltlich nicht mal die Hälfte. Es war zu chemisch, physikalisch, technisch. Trotzdem genoss ich seine sonore Stimme.

Zwei Stunden lang gingen wir nebeneinander her, und er redete und redete. Plötzlich blieb er stehen.

„Susanne, du sagst ja gar nichts. Entschuldige, bin ich dir mit meinen Ausführungen etwa auf den Wecker gefallen? Tut mir leid, das interessiert dich wahrscheinlich gar nicht."

„Doch, doch. Ich fand alles sehr interessant", schwindelte ich. „Es ist angenehm, dir zuzuhören, und du warst so begeisterst, da darf man nicht unterbrechen."

Den zweiten Teil meines Satzes hatte ich tatsächlich ehrlich gemeint.

Unvermittelt nahm er meine Hand und zog mich zu sich heran. Er war nicht viel größer als ich, doch er beugte sich zu mir herab und küsste mich auf den Mund. Als sich unsere Lippen lösten, fasste er mich an den Oberarmen und betrachtete mich ernst.

„Susanne, ich glaube, ich habe mich in dich verliebt."

Mein Herz setzte beinahe aus. Ich musste träumen. Noch nie hatte das jemand zu mir gesagt. Auch mir selbst waren solche Worte noch nie über die Lippen gekommen.

„Herbert, ich denke, das beruht auf Gegenseitigkeit."

Wir küssten uns noch einmal innig und gingen eng umschlungen weiter. Den ganzen restlichen Tag hatte ich das Gefühl, auf Watte zu schweben. Ich strahlte mit der Sonne um die Wette.

Auf der Rückfahrt lud Herbert mich noch in seine Wohnung ein. Sie war nicht besonders weit von der Vrije Universität Brüssel entfernt, wo er sein Erasmus-Semester absolvierte. Sie lag in der Rue de la Strategie im zweiten Stock. Sein Vater hatte sie für die Zeit des Studiums angemietet. Sie war nicht groß, hatte einen kleinen Vorraum, ein Wohnschlafzimmer mit einer Kochecke sowie Bad und WC.

Als wir die Mäntel abgelegt hatten, gab es kein Halten mehr. Wir küssten uns wild, rissen uns förmlich die Kleider vom Leib und liebten uns leidenschaftlich. Ich war wie von Sinnen, völlig berauscht, und konnte nicht genug kriegen. Auch eine Seite von mir, die ich bis dahin nicht gekannt hatte. Verschwitzt und keuchend lag ich nach einem alles übertreffenden Höhepunkt neben ihm, meinen Kopf auf seine Brust gebettet. Ich schmiegte mich an ihn, als wollte ich unter seine Haut kriechen.

„Wow", sagte er, als er offenbar wieder reden konnte. „In dir steckt richtige Leidenschaft."

Er streichelte meine Haare und küsste mich. Langsam erholte ich mich und begann, auf seiner kaum behaarten Brust Kreise zu zeichnen. Einerseits genoss ich den Augenblick, aber die ersten Zweifel stiegen in mir hoch. Vorsichtig begann ich zu fragen: „Herbert?"

„Hm?"

Er hatte seine Augen geschlossen und dachte an weiß Gott was.

„Hast du es ernst damit gemeint, dass du dich in mich verliebt hast, oder ist das deine Masche?"

Er richtete sich auf und sah mir direkt in die Augen.

„Susanne, glaube mir, ich bin nicht der Typ, der reihenweise Frauen abschleppt, ihnen die Liebe verspricht und sie dann aus dem Bett jagt. Ich weiß, dass ich ein attraktiver und für viele Frauen ein interessanter Mann bin. Bin ja nicht von gestern. Mich interessieren die meisten Frauen nicht. Ich mag das Getue um ihr eigenes Aussehen nicht, wie sie stundenlang vor dem Spiegel stehen, um sich aufzumotzen, zehnmal Kleid an, Kleid aus, weil sie sich nicht entscheiden können. Ich kann es nicht leiden, wenn sie wie aufgeputzte Christbäume durch die Gegend stolzieren und dabei ihren Kopf nicht nach schönen und sehenswerten Dingen drehen können, weil ihnen ihr eigenes Ego im Weg ist. Meine Mutter ist Französin, meine Großmutter Italienerin, glaube mir, ich weiß, wovon ich spreche. Du dagegen hast mich von Anfang an fasziniert. Du bist ein ausgesprochen natürliches Wesen ohne Eitelkeiten, ohne Selbstzweifel, dass du zu dick, zu dünn, zu groß, zu klein bist. Du machst den Eindruck, dass du rundum mit dir zufrieden bist, wie Gott dich schuf. Du hast eine Strahlkraft der besonderen Art. Das sieht man, das spürt man. Und das hat Seltenheitswert."

Während der ganzen Zeit hatte er nicht einmal die Augen von meinen abgewendet. Seine Worte klangen aufrichtig und ehrlich. Ich musterte sein Gesicht genau. Wieder musste ich mich zur Räson rufen. „Susanne, Herrgott noch mal, genieße!" Er musste gemerkt haben, dass ich verunsichert war. Ganz wollte ich nicht glauben, was er von sich gab.

„Alles in Ordnung?"

„Ja. Ich, ich bin nur ein bisschen, nun, wie soll ich sagen, beschämt. Weißt du, ich war wohl bis jetzt noch nie verliebt."

Er streichelte über mein Haar.

„Arme Susanne", sagte er mit einem leicht bedauernden Unterton und lächelte mich an.

Schweigend lagen wir eine Zeit lang da, und ich sog den Geruch seines Körpers in vollen Zügen ein. Wie konnte ein Mensch nur so gut riechen? Das war mir vorher noch nie aufgefallen.

„Sag mal, wie kommt es, dass so ein attraktives Mädchen wie du angeblich noch nie verliebt war?"

„Nun, ich habe weder den richtigen Mann gefunden, noch schien ich genügend Zeit dafür zu haben."

„Das glaube ich einfach nicht. Zu wenig Zeit? Für die Liebe braucht man keine Extraportion Zeit."

„Hm, war halt so", murmelte ich mit einem leicht genervten Unterton.

Herbert entging es nicht, dass ich nicht die geringste Lust verspürte, über meine Vergangenheit zu plaudern.

„Magst nicht darüber reden, oder?"

„Nein."

„Na gut. Was hältst du davon, wenn ich uns was Schönes koche?", fragte er.

Beim Gedanken an Essen bemerkte ich erst jetzt, dass ich tatsächlich hungrig war. Ich setzte mich auf und fragte neugierig.

„An was hast du gedacht?"

„Magst du Crêpes mit Camembert?"

„Ja, sehr gerne. Warte, ich helfe dir."

Wir stiegen aus dem Bett, zogen unsere Unterwäsche an, und ich folgte ihm zu seiner Kochecke.

„Kochst du gerne?", fragte ich zaghaft, während Herbert die Zutaten aus dem Kühlschrank nahm.

„Ja, schon. Ich habe doch schon meine Familienverhältnisse dargelegt. Da ist Kochen und vor allem das anschließende Genießen ein Muss."

Er fasste mich um die Taille und gab mir einen flüchtigen Kuss auf meine Wange.

„Verstehe."

„Und du?", fragte er.

„Eigentlich schon. Aber für mich alleine gibt es meist nur schnelle und einfache Kost. Mir fehlen die Personen, die ich bekochen darf. Früher half ich meiner Mutter gerne beim Kochen. Das war die Zeit, in der ich Gelegenheit hatte, mit ihr meine kleinen Problemchen zu besprechen. Da hatte sie die Muße, mir zuzuhören."

„Ist deine Mutter schon lange tot?"

Die Frage warf er nebenbei ein.

„Ja, seit neun Jahren. Sie starb, als ich sechzehn war."

Während er mit dem Schneebesen gekonnt hantierte und den Käse in kleine Würfel schnitt, fragte er mich weiter über meine Familie aus.

„Und dein Vater?"

„Er verunglückte mit dem Auto. Da war ich acht."

„Woran starb deine Mutter?", wollte er wissen.

Irgendwie schaffte er es, dass ich über das Ableben meiner Eltern sprach. Er war nach meinem Psychotherapeuten der zweite Mensch, der es zustande brachte, dass ich mehr als zwei Sätze darüber verlor.

„Meine Mutter starb an einer inneren Blutung nach einem Herzinfarkt", begann ich zu erzählen.

IX

„Es war ein sonniger Nachmittag mitten im April. Ich übte gerade für meine Matheschularbeit in meinem Zimmer, als ich aus dem Wohnzimmer einen dumpfen Knall hörte. Danach war es still. Ich rief aus meinem Zimmer: ‚Mama, was ist passiert?‘ Keiner antwortete. So ging ich nachsehen. Meine Mutter lag inmitten des Wohnzimmers auf dem Teppich, sie hatte die Straßenschuhe an und den Wohnungsschlüssel in der Hand. Vermutlich wollte sie zum Einkaufen. Ihre Augen waren weit aufgerissen. Irgendwie erfasste ich den Ernst der Lage. Ich fischte mir mein Handy aus der Hosentasche und rief den Notarzt an, gleichzeitig fühlte ich ihren Puls an der Halsschlagader. Ganz schwach war er zu spüren. Ich tätschelte ihr Gesicht und rief immer wieder: ‚Mama!‘ Der Notarzt war in sechs Minuten da. Zwei Männer hievten sie auf die Trage, der Notarzt schloss eine Infusion an, und man lud sie in das Auto. Danach ging es mit Blaulicht und Folgetonhorn in das nächstgelegene Krankenhaus Die Fahrt kam mir endlos lang vor. Meine Mutter wurde sofort in den OP gebracht. Einer der Pfleger kümmerte sich um mich. ‚Was passiert jetzt?‘, fragte ich schluchzend. Meine Knie schlotterten vor Angst. ‚Deine Mama kommt jetzt in den Operationssaal. Man wird sie vielleicht operieren, und das kann dauern. Komm, ich gehe mit dir mal rein zur Aufnahme. Glaubst du, du kannst der Aufnahmeschwester helfen, alle Daten zu erfassen?'

Ich nickte. Wir betraten das Krankenhaus und gingen schier endlos lange Gänge entlang. Endlich kamen wir zu einer Tür, auf der stand in roten großen Buchstaben: AUFNAHME. Mein Helfer klopfte an und wartete auf ein Herein. Im Büro saß eine Frau um die sechzig. Sie sah mich an, stand rasch auf und kam auf mich zu. ,Ach, du liebe Güte, was ist denn mit dir passiert?' Eilig rückte sie einen Sessel zurecht, auf den ich mich setzen konnte. Der Sanitäter antwortete für mich: ,Wir haben eben die Mutter dieses Mädchens mit Verdacht auf Herzinfarkt eingeliefert. Sie ist bereits auf dem Weg in den OP. Sie kann dir helfen, die Daten aufzunehmen.' Und an mich gewandt fragte er: ,Wie heißt du eigentlich?'

,Susanne. Susanne Schöder.'

,Okay, Susanne. Kann ich dich jetzt allein hierlassen bei Frau Pfeifer? Sie wird auf dich aufpassen.'

Stumm signalisierte ich ein *Ja*.

,Warte, da hast du meine Handynummer, falls du etwas brauchst. Ich wohne gleich um die Ecke von deinem Wohnhaus.'

Er nahm einen Zettel vom Block, der auf dem Tisch von Frau Pfeifer lag, und einen Stift aus seiner Jackentasche. Er kritzelte mir seinen Namen, seine Adresse und seine Telefonnummer drauf und drückte ihn mir in die Hand. ,Ich muss leider los', sagte er entschuldigend. ,Du weißt, wo du mich findest. Alles Gute, und ich drücke dir ganz fest die Daumen, dass deine Mama wieder gesund wird.'

,Danke', sagte ich ganz leise.

Frau Pfeifer war eine kleine zierliche Person mit einem sehr energischen, aber freundlichen Blick. Sie wandte sich mir zu. ‚Susanne, richtig? Soll ich dir was zu trinken bringen? Magst du einen Tee oder ein Wasser?‘

Ich schüttelte den Kopf.

‚Nun gut. Glaubst du, dass du mir Namen, Geburtsdatum und Adresse von deiner Mama verraten kannst?‘

‚Ja.‘

Ich gab ihr alle Daten und konnte ihr sogar die E-Card in die Hand drücken. Ich hatte geistesgegenwärtig noch Mutters Brieftasche mitgenommen.

‚Danke, lieb von dir. Nun. Die Operation wird etwas dauern. Soll ich dir ein Taxi rufen, damit du heimfahren kannst?‘

Ich schüttelte wiederum den Kopf.

‚Aber‘, sie räusperte sich, ‚dazubleiben macht auch keinen Sinn. Ist jemand bei dir zu Hause? Papa, Geschwister, Großeltern?‘

‚Nein, ich habe niemanden.‘

Frau Pfeifer wusste nun auch nicht recht, was sie mit mir anfangen sollte. ‚Kannst du vielleicht bei einer Freundin bleiben?‘

Kurz überlegte ich. Auf keinen Fall konnte und wollte ich allein in die Wohnung zurück. Vielleicht sollte ich Frau Lehner anrufen? Sie war meine Klassenlehrerin und unterrichtete Französisch und Musik. Sie war seit der ersten Klasse meine Klassenvorständin, und wir hatten uns immer gut verstanden. Wahrscheinlich war sie für mich so was wie ein Oma-Ersatz. Meine beiden Großmütter hatte ich nie kennengelernt. Frau Lehner war der Inbegriff einer Lehrerin. Sie war alleinstehend und kinderlos. Die Schule und ihre Schüler waren ihr Leben. Sie führte unseren Jahrgang noch zur Matura, danach sollte sie ihren wohlverdienten Ruhestand antreten. Ihren Lebensabend wollte sie in Südfrankreich verbringen. Sie hatte gespart und sich ein kleines Häuschen in Arles gekauft. Einmal, in den Sommerferien, ich denke, es war von der dritten auf die vierte Unterstufe, durfte ich sie für eine Woche in Arles besuchen. In der Zeit war wohl meine große Liebe zur französischen Sprache erwacht.

Sie kannte meine familiären Umstände, und dass Mama und ich uns keinen Urlaub leisten konnten. Selbstverständlich durfte niemand an der Schule davon erfahren. Wir schwiegen beide wie ein Grab. Leider währte Frau Lehners Freude an ihrem Ruhestand nur kurz. Sie verstarb zwei Jahre nach ihrer Pensionierung an Lungenkrebs.

Ja, Frau Lehner konnte ich vielleicht um Hilfe bitten. Ich rief sie auf ihrer Mobilnummer an und erzählte, was geschehen war.

‚Kind!‘, rief sie, ‚das ist ja schrecklich. Pass auf. Ich muss nur noch zwei Schularbeiten korrigieren. Anschließend hole ich dich vom Krankenhaus ab. Kannst du so lange dort warten?‘

‚Ich denke schon‘, erwiderte ich. Und an Frau Pfeifer gewandt: ‚Stört es Sie, wenn ich hier noch ein wenig sitzen bleibe? Ich werde in circa einer Stunde abgeholt.‘

Frau Pfeifer antwortete mit einem freundlichen ‚Geht in Ordnung‘.

Diese eine Stunde war eine Ewigkeit. Im Viertelstundentakt fragte ich Frau Pfeifer, ob sie was von meiner

Mutter wisse. Immer wenn ihr Telefon klingelte, hoffte ich eine Antwort auf meine Frage zu kriegen.

Endlich ging die Tür auf, und Frau Lehner kam herein. Ohne Umschweife und ganz selbstverständlich nahm sie mich in den Arm. ‚Kind, Kind. Das ist furchtbar. Komm, wir fahren zu mir, und da bleibst du die nächsten Tage. Die Mathearbeit von morgen vergisst du einfach. Ich habe sowieso meinen freien Tag. Wir fahren zu dir in die Wohnung, und da holst du das Nötigste für die nächsten Tage. In Ordnung?'

Frau Pfeifer war in der Zwischenzeit aufgestanden und um ihren Schreibtisch herum zu uns gekommen. Sie streichelte mir über den Kopf, obwohl ich sicherlich 15 cm größer war als sie. ‚Sobald ich etwas über den Zustand deiner Mutter in Erfahrung bringen kann oder du sie besuchen darfst, rufe ich dich an. Okay?'

‚Ja, danke.'

Frau Lehner nahm mich an die Hand, und wir gingen zu ihrem Auto, einem sicherlich dreißig Jahre alten VW-Käfer in Himmelblau. Er hatte weder Kopfstützen noch Sicherheitsgurte. Ich fragte mich immer wieder, wie viel Frau Lehner bereits an Strafe bezahlt hatte, weil sie ständig nicht angegurtet unterwegs war. Schweigend fuhren wir bis zu ihrer Wohnung. Sie parkte direkt vor der Haustür. Immer wenn ich bei Frau Lehner war, stand das Auto dort. Ich denke, niemand anderes wagte es, dort zu parken.

Ihre Wohnung lag im ersten Stock und war eine typische Wiener Altbauwohnung. Das Haus war im Jugendstil errichtet worden. Ich mochte den Geruch dieses Hauses nicht besonders. Im Sommer roch es immer ein wenig modrig und im Winter nach Heizöl. Die Wohnung von Frau Lehner war aber durchaus gemütlich. Sie war nicht besonders groß, bloß 2 Schlafzimmer und eine Wohn-Essküche sowie ein für die Verhältnisse großer Vorraum. Dafür waren Badezimmer und WC viel zu klein.

Frau Lehner hatte die Wohnung von ihren Eltern geerbt. So wie es aussah, auch die Möbel. Es waren schöne, aber sehr abgewohnte Stücke im Biedermeierstil, und die Küche war nur spärlich eingerichtet. Der Herd und ein Kühlschrank waren die einzigen Elektrogeräte. Geschirrspüler oder gar Dampfgarer oder Mikrowelle gab es nicht. Frau Lehner hatte ein Zimmer als Arbeitszimmer eingerichtet. In diesem befand sich auch eine ausziehbare Couch, die als Gästebett diente.

‚So, mein Mädchen‘, sagte sie, ‚jetzt hilf mir bitte, aufzubetten. Ich hoffe, du kannst gut darauf schlafen.‘

Unvermittelt musste ich Frau Lehner umarmen, und dabei rannen mir die Tränen wie ein Sturzbach über das Gesicht.

‚Na, na. Es wird schon wieder werden. Ich werde beten, dass deine Mutter wieder gesund wird. Übrigens, hast du deine Tante schon informiert?‘

Herrje, Tante Anna! Die Schwester meiner Mutter wohnte in Neunkirchen, und wir hatten nur sehr spärlichen Kontakt. Tante Anna war ganz anders als meine Mutter, deshalb mochte ich sie nicht besonders und vermied, soweit es ging, den Kontakt zu ihr. Sie war eine herrische und rechthaberische Person. Kein Wunder, dass mein Onkel nach ein paar Jahren Ehe das Weite gesucht hatte. Seitdem lebte sie allein in einer Wohnung. Kinder hatte sie keine. Außerdem mochte ich es nicht,

wenn sie mir bei jedem Beisammensein die Lebensge-
schichte sämtlicher Nachbarn erzählte. Erstens kannte ich diese nicht, und zweitens interessierte mich das
Leben fremder Leute nicht. Trotzdem musste ich Tante
Anna die Nachricht, dass ihre Schwester sterbenskrank
war, übermitteln.

,Ich werde sie morgen anrufen.'

,Ist in Ordnung, Kind. Erst mache ich dir mal einen
schönen heißen Melissentee und ein Butterbrot.'

,Frau Lehner, danke, aber ich kann jetzt nichts essen.'

,Papperlapapp, ein paar Bissen wenigstens.'

Mittlerweile war es schon fast zehn Uhr abends, und
ich hatte noch immer keine Nachricht vom Krankenhaus.

,Susanne, ich denke, du versuchst ein wenig zu schlafen. Die vom Krankenhaus werden wahrscheinlich erst
morgen früh anrufen.'

In diesem Augenblick läutete mein Handy.

,Frau Schöder, Susanne?'

,Ja?'

,Hier spricht Dr. Zöllner vom Krankenhaus. Ich bin
der Chirurg, der Ihre Mutter operiert hat. Ich wollte Ihnen nur sagen, sie hat die OP überlebt. Sie ist aber noch
in einem sehr kritischen Zustand.'

,Was heißt das?'

,Das heißt, dass wir sie vorerst retten konnten. Ob es
von Dauer sein wird, wissen wir nicht. Können Sie morgen in der Früh um acht hier sein? Ich habe Nachtdienst
und würde etwas länger bleiben, dann könnte ich Ihnen
die Umstände näher erklären. Vielleicht kommen Sie in
Begleitung einer Vertrauensperson, wenn das möglich
ist. Ich bin über die Familienverhältnisse im Bilde.'

‚Ja, mache ich.'

Mehr brachte ich nicht hervor. Dann legte ich auf.

‚Und?'

‚Mama hat die OP überlebt, aber die Ärzte wissen nicht, ob sie es schaffen wird. Frau Lehner, würden Sie mich morgen ins Krankenhaus begleiten?'

‚Aber ja doch, ich fahre dich selbstverständlich hin.'

Nochmals musste ich meine Lehrerin umarmen.

In dieser Nacht tat ich kein Auge zu. Was würde wirklich passieren, wenn Mama stürbe? Ich war noch minderjährig. Musste ich in ein Heim? Wovon sollte ich leben? Ich wusste, dass die Ersparnisse von meinem Vater fast zur Gänze aufgebraucht waren. Eine Waisenrente würde mir schon zustehen, aber reichte das aus, um die Betriebskosten der Wohnung zu bestreiten und mich zu versorgen? Musste ich womöglich die Schule abbrechen und mir eine Arbeit suchen? So jedenfalls hatte ich mir meine Zukunft nicht vorgestellt. Vielleicht konnte ich wenigstens für ein paar Stunden in der Woche jobben und mir neben der Schule etwas dazuverdienen. Ich war immer eine gute Schülerin und musste zu Hause nicht viel für Tests und Schularbeiten lernen. Wenn ich es mir gut einteilte, konnte ich das schaffen. Aber Mama hätte mir gefehlt. Ich wäre dann wirklich ganz allein gewesen.

Schon um sechs stand ich auf und ging auf Zehenspitzen in die Küche. Im Kühlschrank gab es Milch. An Essen brauchte ich nicht zu denken. Um halb sieben gesellte sich auch Frau Lehner im Schlafmantel zu mir.

‚Konntest du auch nicht schlafen?'

‚Nein.'

‚Weißt du was? Wir warten nicht bis acht. Zieh dich an, ich mache mich ebenfalls fertig. Wir fahren einfach los.'

Bereits um halb acht trafen wir in der Ambulanz der Kardiologie ein und fragten nach Dr. Zöllner. Es dauerte nur einen kurzen Augenblick, und er kam auf uns zu. Ich hatte mir unter einem Herzchirurgen einen großen, kräftigen, dunkelhaarigen Mann im besten Alter vorgestellt. Vor mir stand ein grau melierter, untersetzter Typ, der mir gerade mal bis zu den Augenbrauen reichte.

‚Frau Schöder?'

‚Ja.'

‚Bitte kommen Sie mit in mein Sprechzimmer. Wer ist diese Dame, wenn ich fragen darf?'

‚Lehner mein Name. Ich bin die Klassenlehrerin von Susanne – sagen wir mal so: Vertrauensperson', meldete sich Frau Lehner resolut zu Wort.

Dr. Zöllner reichte uns beiden die Hand und murmelte: ‚Es tut mir leid.'

Meine Knie wurden weich. Was tat ihm leid? Was, verdammt noch mal?

Er drehte sich um und ging voraus in sein Sprechzimmer, Frau Lehner und ich folgten ihm. Im Zimmer bot er uns mit ernster Miene zwei Sessel an.

‚Bitte nehmen Sie Platz.'

‚Was?', stammelte ich.

‚Frau Schöder. Wir haben alles versucht, glauben Sie mir. Wir haben gekämpft.'

‚Was?', schrie ich nun.

Ich starrte den Arzt verständnislos an.

‚Das Herz Ihrer Mutter hat heute um fünf Uhr früh aufgehört zu schlagen.'

‚Nein!‘, schrie ich aus Leibeskräften und sprang von meinem Sessel auf. ‚Sie lügen. Wo ist Mama? Wo? Ich will sie sehen!‘

Dr. Zöllner sprang ebenfalls auf und lief um seinen Tisch herum. Er hielt mich fest. Es schüttelte mich. Mir wurde schwarz vor Augen. Ich spürte, wie Frau Lehner meinen Kopf in die Hände nahm. Behutsam legten mich die beiden auf eine Pritsche.“

Was Dr. Zöllner mich dann fragte, erzählte ich Herbert nicht. Ich war nicht sicher, ob ich darüber je mit ihm reden würde. Niemand, wirklich niemand wusste davon, ausgenommen Frau Lehner, die aber mit den Worten des Arztes nichts anfangen konnte.

X

Herbert hatte in der Zwischenzeit die Crêpes fertig zubereitet und, ohne mich je zu unterbrechen, zugehört.
„Arme Susanne. Hast du diesen Schock denn je überwinden können? Hast du je professionelle Hilfe in Anspruch genommen? Ich meine, du warst sechzehn und ganz allein."

Seine Anteilnahme klang aufrichtig und ehrlich. Langsam erzählte ich weiter:
„Es war nicht einfach für mich. Frau Lehner half mir bei all den Formalitäten für die Beerdigung meiner Mutter. Da ich minderjährig war, wollte das Gericht einen Vormund für mich bestellen und mich in ein Waisenhaus stecken. Auch wenn ich meine Tante nicht wirklich gut leiden konnte, muss ich ihr heute für ihr Engagement dankbar sein. Sie adoptierte mich. Zuerst hatte ich unsagbare Angst, ich müsste nach Neunkirchen ziehen und Wien verlassen. Doch zumindest hatte sie so viel Herz und Gespür, dass sie verstand, es wäre für mich das Ende gewesen, auch noch die wenigen Freunde zu verlieren. Wir machten einen Deal. Ich durfte in Wien in der Wohnung bleiben. Sie verwaltete Wohnung und Geld. Dafür musste ich darauf achten, dass meine schulischen Leistungen nicht absackten und dass ich nebenbei ein bisschen Geld dazuverdiente.

Frau Lehner hatte eine Schwester, die ein kleines Kaffeehaus betrieb. Dort konnte ich von Montag bis Freitag am Nachmittag kellnern. Es war nicht so, dass sie mich wirklich brauchte, aber ich verdiente genug, dass ich zusammen mit der Waisenpension über die Runden kam. Offiziell lebte ich in Neunkirchen."

„Ja, schon", unterbrach mich Herbert erstmals, „ich meinte mit professioneller Hilfe Psychotherapie oder so. Du musst ja völlig durch den Wind gewesen sein."

„Nun ja. In diesem Punkt hatte ich ausnahmsweise Glück. Der Vater meiner Schulfreundin Nathalie war Psychotherapeut, und er behandelte mich. Erstens musste ich dafür nichts bezahlen, und zweitens war ich an keine Behandlungsdauer gebunden. Ich habe meinen beiden Freundinnen und deren Eltern viel zu verdanken. Sie halfen mir über diese Zeit hinweg. Ich konnte bei beiden Familien ein- und ausgehen wie eine Tochter. Das gab mir das Gefühl, dass es immer einen Weg gibt. Verliert man geliebte Menschen, findet man andere, die man lieben darf", sinnierte ich.

„Ja, so spielt das Leben", murmelte Herbert, während er am Herd hantierte.

Er schien genug gehört zu haben.

„So, die Crêpes sind fertig."

Ich half Herbert, aufzudecken. Wir nahmen gegenüber an dem kleinen Tischchen Platz.

„Bon appétit. Ich hoffe, sie sind nach deinem Geschmack."

Er schob den ersten Bissen in den Mund und zwinkerte mir zu.

Und wie! Sie schmeckten köstlich. Der Teig war hauchzart, sodass man fast durch die Crêpes hindurchsehen konnte, und der Camembert darin gerade so geschmolzen, dass er mit der Hülle keine breiige Masse bildete.

„Sie sind hervorragend!", brachte ich zwischen zwei Bissen hervor „Also ich denke, das Kochen würde in unserer Beziehung keine einseitige Angelegenheit werden, oder?", sagte ich verschmitzt.

Herbert grinste. Mein Lob schien ihm zu gefallen und vielleicht auch die Vorstellung, dass unsere Beziehung keine Eintagsfliege war.

„Mal sehen", sagte er, „du musst dich morgen beweisen. Übrigens, womit möchtest du mich denn beeindrucken?"

„Überraschung", antwortete ich.

Ich musste mich jedenfalls anstrengen und überlegte, ob ich nach der Quiche, die ich morgen backen würde, noch meine legendäre hausgemachte Crème brulée draufsetzen sollte.

Als wir mit dem Essen fertig waren, half ich, den Tisch zu säubern und das Geschirr zu waschen.

„Nun, wonach steht dem Fräulein der Sinn?", fragte Herbert.

„Wie wäre es mit einer kleinen Verdauungsentspannung, und anschließend stärken wir unsere Beckenmuskulatur?"

„Hallo, du bist ja unersättlich."

Wir verzogen uns nochmals ins Bett.

XI

Abermals klingelt es an meiner Tür.

„Ich habe gesagt, du sollst dich verziehen!", brülle ich.

„Ähm, Susanne?", höre ich Nathalie zögerlich sagen.

„Oh, sorry."

Ich stehe seufzend vom Boden auf und öffne die Tür.

„Du meine Güte, Susanne!"

Sie nimmt mich in den Arm und drückt mich fest. Wieder heule ich los.

„Komm, setz dich hin."

Sie führt mich ins Wohnzimmer und setzt mich auf die Couch.

„Ich wollte fragen, ob du heute mit uns zu Mittag essen möchtest. Ich habe ein paarmal versucht, dich telefonisch zu erreichen, doch du hast nicht abgenommen. Da meinte Gernot, ich sollte besser bei dir vorbeischauen."

Nathalie klingt besorgt. Ich muss sie umarmen.

„Danke, wie lieb von dir. Ich denke, ich habe vergessen, mein Handy aufzuladen, weißt du."

„Schon gut. Darf ich dich trotzdem zum Mittagessen einladen? Komm, zieh dir was an. Wenn du willst, kannst du mit mir fahren, und ich bringe dich anschließend wieder heim."

Ich schluchze und nicke dankbar. Schließlich gehe ich in mein Schlafzimmer und ziehe mir Jeans und einen schwarzen Pullover über. Danach versuche ich im Bad mein Gesicht so hinzukriegen, dass ich nicht völlig verheult aussehe. Ich fische nach meinen Sneakers im Vorhaus, nehme meine Handtasche und bin bereit zur Abfahrt.

„So gefällst du mir schon besser", stellt Nathalie freundlich fest.

„Gernot grillt Hühnchen auf der Terrasse. Das magst du doch."

„Ja, sicher."

Es ist mir im Grunde egal, was es zum Essen gibt. Der Hunger hält sich in Grenzen.

„Sind die Kids auch daheim?", frage ich Nathalie.

Normalerweise gibt es von mir immer ein Mitbringsel für die beiden Rabauken. Doch ich habe gar nichts bei mir, außer ein paar Euro für ein Comic.

„Nein", antwortet sie, während sie ihr Auto aus meiner Einfahrt steuert, „die sind bei Oma und Opa."

Auch gut. Jedenfalls brauche ich kein schlechtes Gewissen zu haben.

Alle meine Freundinnen haben Kinder. Im Grunde wollte ich auch immer welche. Herbert hatte zwar keine ablehnende Haltung gegenüber Nachwuchs, aber er meinte, wir hätten ja noch Zeit. Wir sollten das Leben genießen, denn seien erst mal Kinder da, sei es damit vorbei. Diese Empfindung hatte ich nicht, wenn ich Nathalie oder Christine mit ihren Kindern sah. Im Gegenteil, beide hatten durch die Elternschaft gewonnen. Sie waren ruhiger und ausgeglichener geworden. Auch deren Ehen, meinte ich zumindest, schienen durch die Kinder harmonischer zu wirken, und vor allem Nathalie legte seit ihrer Mutterschaft mehr Toleranz und Großzügigkeit gegenüber anderen Meinungen an den Tag.

Nun ist es für mich vorbei mit eigenen Kindern. Ich habe den Mann nicht mehr, mit dem ich mir hätte vorstellen können, welche in die Welt zu setzen.

„Dir geht es nicht besonders gut, hm?"

Nathalie sieht mich von der Seite an.

„Nein."

Meine Lippen beben.

„Möchtest du wieder eine Therapie bei Papa machen? Er ist zwar schon im Ruhestand, aber für dich würde er das bestimmt tun."

„Ich überlege es mir, okay? Derzeit möchte ich gar nichts, außer in meinem Bett liegen und nie mehr aufstehen."

„Susanne, du weißt, ich bin ehrlich. Ich habe wirklich Angst um dich. Nun kenne ich dich schon so lange, und du hast schon viele schlechte Erfahrungen gemeistert. Doch diesmal fühle ich, es ist ganz anders. Magst du vielleicht ein paar Tage bei uns wohnen? Unser Haus ist riesig. Du hättest Zimmer mit Bad und WC. Und du wärest nicht so allein", fügt sie hinzu.

„Nathalie, lieb von dir, danke. Darf ich mir das auch überlegen?"

„Klar."

Schweigend fahren wir weiter bis zu ihrem Haus. Sie wohnen in einem kleinen Ort südlich von Wien. Gernot und Nathalie hatten sich schon vor zehn Jahren am Fuße einer Burgruine ein altes Haus gekauft. Mit viel Liebe und Geduld restaurierten sie es und konnten nun eine schmucke Villa mit überdachtem Pool und einer wunderbaren Terrasse ihr Eigen nennen.

Herbert und ich übersiedelten nach unserer Hochzeit vor 5 Jahren in diese Gegend. Wir fanden ein nettes Haus aus den Neunzigern. Es hatte davor einem Ehepaar gehört, das von alters wegen in ein betreutes Wohnheim umgezogen war. Das Anwesen war gut in Schuss und – was mich sehr freute –, es war zur Gänze unterkellert. So konnten meine geliebten Südpflanzen wie Palmen, Oleander und Zitrusbäumchen, die im Sommer unseren Garten zierten, überwintern.

Wie der Zufall so spielte, wurde das Haus nebenan ein Jahr später ebenfalls verkauft. Es war ein wenig kleiner als das unsere, aber ebenfalls sehr gut erhalten. Herbert erzählte seinem langjährigen Freund Manuel davon, der auch prompt zuschlug und es erwarb.

Manuel war alleinstehend. Noch nie hatte ich ihn mit einer Frau gesehen. Ganz verstand ich das nicht. Er war ein sehr gut aussehender Mann, groß gewachsen und sportlich. Von Beruf war er Lektor bei einem großen Wiener Verlag und konnte den Großteil seiner Arbeit zu Hause erledigen. Er war kein Freund von großen Partys. Manchmal war eine seiner beiden Schwestern mit Familie zu Besuch, oder seine Kollegen oder Freunde wurden von ihm bekocht. Ich konnte mich des Eindrucks fast nicht erwehren, dass er vom anderen Ufer war.

Er verstand es sehr gut, aus dem Haus ein richtiges Schmuckkästchen zu machen. Von seinem Wohnzimmer aus ließ er einen Wintergarten anbauen, den er mit wunderschönen exotischen Pflanzen bestückte. Eine großzügige Glasdoppeltür führte von dort über einen überdachten Gang zu einem ovalen Swimmingpool. Eine kleine Nische wurde genutzt, um ein Saunahäuschen zu errichten, von dem man direkt in ein Kaltbecken steigen konnte. Ein paar Schritte weiter stand der Outdoor-Whirlpool.

All diese Einrichtungen hatten wir nicht, aber Manuel gewährte Herbert und mir nahezu uneingeschränkten Zugang zu seinem „Wellnesstempel", wie er seine Wohlfühloase nicht ohne Stolz bezeichnete.

Nun ist es vorbei mit dieser Annehmlichkeit. Nie mehr wird er mir Zutritt zu seinem Haus gewähren.

Bei Nathalie angekommen, winkt uns Gernot schon von der Terrasse zu. Matt hebe ich meine Hand zum Gruß. Wir steigen aus dem Auto und gehen über den Gartenweg gleich zu Gernot. Er nimmt mich in die Arme und drückt mich ganz fest an sich.

„Schön, dass du mitgekommen bist", sagt er und schmatzt mir einen Kuss auf die Wange.

„Danke für die Einladung."

Ich muss mich beherrschen, nicht gleich wieder in Tränen auszubrechen. Nathalie ist inzwischen ins Haus gegangen und kommt mit zwei Gläsern Mineralwasser zurück.

„Susanne, komm, setz dich her. Wir lassen uns heute von Gernot verwöhnen!"

Sie zwinkert ihrem Mann zu, und er quittiert es mit einem freundlichen Nicken.

„Susanne", beginnt sie sachte, „ich verstehe, dass du außerordentlich leidest. Herbert und du, ihr wart so ein perfektes Paar. Es ist bestimmt schrecklich, seinen Lebenspartner zu verlieren."

Traurig schaut sie mir in die Augen, während sie die ganze Zeit meine linke Hand hält.

„Vielleicht ist es noch zu früh, nach vorne zu schauen. Man darf seiner Trauer ruhig Raum geben."

Behutsam tastet sie sich vor. Obwohl sie als Marktleiterin für eine deutsche Lebensmittelkette in Österreich arbeitet, wo Gefühle keine Rolle spielen, hat sie einen feinen Spürsinn für das Befinden anderer. Diese Fähigkeit zur Empathie muss sie von ihrem Vater geerbt haben.

„Susanne, hast du dir schon überlegt, wann du wieder arbeiten möchtest?"

Nein, habe ich nicht.

„Es werden doch bald die Ferien kommen. Da hast du doch üblicherweise weniger Kurse. Nicht wahr?"

„Ja, schon."

„Und wie sieht es mit Gutachten aus? Musst du welche machen?"

„Ja", antworte ich knapp.

„Verdammt noch mal, sie ist nicht meine Mutter", ärgere ich mich kurz. Nathalie spürt meinen Widerstand sofort.

„War nur eine Frage. Geht mich in Wirklichkeit echt nichts an. Entschuldige, bitte."

„Tut mir leid. Mir ist alles zu viel im Moment. Ich weiß gar nicht, wie es weitergehen soll."

„Susanne. Du hast doch keine finanziellen Sorgen, oder?"

„Nicht, dass ich wüsste. Das wird erst die Verlassenschaft zeigen", füge ich mit einer gewissen Bitterkeit hinzu.

Meine Muskeln spannen sich an. Ich habe das Wenige an Urvertrauen in Menschen, das ich mithilfe von Nathalies Vater aufgebaut hatte, wieder verloren. Auch hier kann Nathalie meinen Unterton hören.

„Sag mal, gibt es etwas, das du mir sagen möchtest?"

„Nein, Nathalie. Danke, dass du für mich da bist."

Ich drücke schwach ihre Hand, um meine Worte zu unterstreichen. Wir schweigen.

Endlich ruft Gernot zu Tisch. Erst als ich den Duft des Grillhähnchens einsauge, merke ich, dass ich seit Tagen das erste Mal wirklich hungrig bin. Ich lange also zu und kann aus den Augenwinkeln sehen, dass Nathalie zufrieden zu Gernot blickt. Zumindest hat sie es geschafft, dass ihre Freundin wieder vernünftige und feste Nahrung zu sich nimmt.

Nach dem Essen helfe ich den beiden, das Geschirr abzuräumen und lasse mich zu einem Glas Prosecco überreden. Wir toasten an, und Gernot meint: „Du bist in unserem Hause immer willkommen. Wenn du was brauchst, zeig keine Scheu, wir helfen dir gerne. Und wenn du über etwas reden möchtest, kannst du uns jederzeit besuchen oder anrufen. Wir werden mit dir gemeinsam diese schwierige Zeit durchstehen."

Ich bedanke mich mit einem Handküsschen bei Gernot, der mir gegenübersitzt.

„Amen!", sagt Nathalie halb belustigt. „Susanne braucht keinen Priester, und du musst ihr nicht Dinge sagen, die ihr klar sind. Aber trotzdem lieb von dir, mein Schatz."

Ich muss lächeln. Das fühlt sich gut an! Mein letztes Lächeln muss Wochen her sein!

Gernot sieht auf die Uhr und erhebt sich entschuldigend.

„Oh, ich hatte ganz vergessen, ich habe Manuel versprochen, dass ich ihm heute beim Umtopfen seiner großen Palme helfe. Ihr kommt doch ohne mich zurecht."

Beim Namen Manuel durchzuckt es mich. Ich muss schlucken. Auf keinen Fall kann ich es jetzt brauchen, dass die beiden sich sehen! Womöglich sprechen sie über mich, über Herbert, über …

„Ähm, bist du sicher, dass das heute ist?", frage ich zögernd.

Fieberhaft überlege ich den nächsten Satz.

„Ich habe Manuel vorhin wegfahren sehen. Er ist heute, soviel ich weiß, in Wien. Er hatte doch den Muttertagsbesuch verschoben, weil er mir zur Seite stehen wollte", lüge ich.

Ich merke, wie meine Wangen heiß werden.

„Ach so?", meint Gernot, hebt verduzt die Augenbrauen und fischt nach seinem Handy.

Verdammt noch mal, was soll ich machen? Bevor ich weiter reagieren kann, hat Gernot das Handy bereits am Ohr.

„Er hebt nicht ab. Vielleicht hast du recht. Ich warte, bis er zurückruft."

Gernot verschwindet im Haus. Kurz darauf höre ich sein Handy läuten und wie er abnimmt. Nervös kaue ich an meinem Daumennagel. Nathalie bemerkt meine Anspannung und sieht mich verwundert an. Nach einem kurzen Gespräch kommt er zurück.

„Umtopfen ist auf nächsten Sonntag verschoben, er hat vergessen, Erde zu kaufen. Aber in Wien ist er nicht. Er ist zu Hause."

Ich stoße einen lautlosen Seufzer der Erleichterung aus. Aber bis nächsten Sonntag muss etwas geschehen. Langsam entspanne ich mich.

Nathalie und ich sitzen noch eine Weile auf der Hollywoodschaukel und reden über alte, schönere Zeiten. Nach etwa einer Stunde bitte ich sie, mich wieder nach Hause zu bringen. Ich bin müde.

„Selbstverständlich", antwortet sie.

Ich verabschiede mich von Gernot, bedanke mich für die Bewirtung, und wir steigen in ihren Wagen. Nahezu schweigend fahren wir das kleine Stück.

Bei mir angekommen, überlege ich, ob ich Nathalie noch kurz mit in das Haus bitten soll. Aber was gibt es noch zu bereden? Rein aus Höflichkeit frage ich sie doch.

„Ja, gerne."

Seit Herberts Tod hat Nathalie das Haus nicht betreten. Ich sperre auf und mache eine einladende Geste. Sie tritt ein und bleibt kurz vor der geschlossenen Kellertür, die sich links neben dem Eingang befindet, stehen. Ohne ein Wort zu sagen, geht sie weiter in mein Wohnzimmer. Den Weg kennt sie. Sorgfältig schließe ich die Eingangstüre hinter mir ab. Ungebetene Besucher kann ich jetzt nicht brauchen.

„Darf ich dir etwas anbieten?", frage ich leicht nervös.

„Vielleicht einen Espresso, wenn es keine Umstände macht?"

Nathalie steht im Wohnzimmer und sieht sich suchend um. Wonach hält sie Ausschau? Während ich an der Kaffeemaschine hantiere und uns zwei Espressi bereite, beginnt Nathalie: „Susanne, ich möchte nicht aufdringlich oder besserwisserisch erscheinen, aber ich werde das Gefühl nicht los, dass dich nicht nur die Trauer um Herbert plagt. Hast du noch etwas auf dem Herzen?"

Sie macht eine Pause und wartet auf meine Reaktion, dann fährt sie fort: „Wir kennen uns schon so lange, und du bist wie eine Schwester für mich. Du hast schon so viel durchgemacht. Ich will dir sagen: Du bist nicht allein, ich bin für dich da."

„Ja, Nathalie, das ist schön von dir. Es gibt aber nichts zu erzählen. Irgendwann werde ich alles verkraftet haben, dann sieht die Welt wieder anders aus."

Ich versuche, meinem Ton neutral anzuschlagen, obwohl in mir ein Kampf tobt. Sie fragt ohne Umschweife: „War deine Ehe wirklich in Ordnung? Du wolltest doch Kinder, oder nicht?"

„Komm schon", erwidere ich leicht genervt, „du kennst das alles. Wir wollten uns noch Zeit lassen. Ich bin erst fünfunddreißig."

„Ihr wolltet euch Zeit lassen – oder Herbert wollte?", bohrt sie weiter.

„Nathalie, es ist für mich nicht der richtige Zeitpunkt, meine Ehe Revue passieren zu lassen. Wieso soll ich jetzt Probleme erfinden, die es nie gegeben hat? Was genau möchtest du hören?"

Sie soll mich in Ruhe lassen, verdammt noch mal! Mein aggressiver Unterton ist nun deutlich vernehmbar.

„Sorry. Ich werde jetzt wohl besser gehen."

Nathalie scheint enttäuscht zu sein, dass ich nicht mit ihr reden will. Sie trinkt ihren Kaffee in einem Zug aus und steht auf.

„Darf ich mal sehen?", fragt sie.

„Was?"

Ich verstehe nicht sofort. Sie räuspert sich.

„Na ja, die Stiege."

90

„Ja."

Mit pochendem Herzen begleite ich sie auf den Flur und schließe die Tür zur Kellerstiege auf. Seit Herbert die Stiege hinunterstürzte, habe ich sie und den Keller nicht mehr betreten.

„Die Treppe ist sehr steil", sinniert Nathalie.

„Ja", antworte ich und starre hinunter, „ich warnte ihn immer davor, mit seinen alten Holzpantoffeln hinunterzugehen."

Im Kopf beginnt sich wieder das Bild zu formen, wie Herbert leblos am Fuße der Treppe liegt.

„Wie schnell es passieren kann, dass man ausrutscht, und das Leben ist vorbei."

Mein Mund fühlt sich trocken an.

„Ja, wie wahr."

„Es war ein Genickbruch, oder?"

Nathalie dreht den Kopf zu mir und schaut mir direkt in die Augen. Ich muss schlucken und antworte heiser: „Ja."

„Wo warst du in diesem Moment?"

„Wieso will sie das wissen?", frage ich mich.

„Ich war in meinem Arbeitszimmer. Ich hatte Kopfhörer auf und machte gerade die Vorbereitung für meinen Abendkurs an der Volkshochschule", antworte ich. Die Fragerei geht mir an die Nieren. Fast komme ich mir vor, als müsste ich ein Verhör über mich ergehen lassen.

„Du hast somit nicht mal einen Schrei gehört?"

„Nein, habe ich nicht."

Ich verschränke trotzig meine Arme vor der Brust. Nathalie spürt, dass ich mich zunehmend unwohler fühle.

„Ich muss los. Bitte melde dich, wenn du etwas brauchst, und denke darüber nach, ob du nicht bald wieder arbeiten möchtest. Arbeit lenkt ab."

„Mache ich."

Wir umarmen uns und küssen uns auf die Wangen. Hinter Nathalie sperre ich ab.

XII

Ich schwanke zurück ins Wohnzimmer. Hat sie etwas bemerkt? Steht sie mit Manuel in Kontakt? Wie ich diesen Kerl jetzt hasse!

Eigentlich mochte ich Manuel bis zum Tag von Herberts Beerdigung sehr gern. Er war ein hilfsbereiter und liebenswerter Freund und ein perfekter Nachbar. Er war stets zur Stelle, wenn wir etwas brauchten. Er pflegte unsere Pflanzen und meinen kleinen Garten, wenn Herbert und ich auf Urlaub waren, er half mir bei kleineren Handgriffen, wenn Herbert nicht zu Hause war. Er verstand sich mit Herbert blendend, und die beiden verbrachten viele gemeinsame Abende, wenn ich meine Sprach- und Kunstgeschichtkurse an der Volkshochschule hielt.

Meine Erinnerungen gehen zehn Jahre zurück, in die Zeit, als ich Manuel kennenlernte.

Nach meinem Auslandsaufenthalt in Belgien kehrte ich kurz vor Weihnachten wieder nach Wien zurück. Herbert und ich verbrachten davor noch drei wundervolle Wochen in Brüssel. Für die Weihnachtsferien reiste auch er zurück nach Österreich. Er liebte es, Ski zu fahren. Außerdem war es als einziger Spross einer konservativen obersteirischen Rechtsanwaltsfamilie ein Muss, den Heiligen Abend bei den Eltern zu verbringen.

Schon in Brüssel lud er mich für die Ferienwoche nach den Feiertagen in die Almhütte seiner Eltern nach Wagrain ein. Ich wollte nicht so recht. Erstens war ich im zarten Alter von sieben das letzte Mal auf Skiern gestanden, und zweitens schien es mir zu früh zu sein, gemeinsam einen Urlaub zu verbringen.

„Hey, komm schon. Sei nicht so konventionell.", meinte Herbert, als ich meine Zweifel daran äußerte.

„Ich bin seit meiner Kindheit jedes Jahr in den Weihnachtsferien auf der Hütte. Bis zu meinem sechzehnten Lebensjahr mit Familie und seit damals mit Freunden. Du siehst, ich war mit sechzehn auch schon selbständig."

Meine bittere Miene war unübersehbar.

„Entschuldige, das ist natürlich nicht vergleichbar. War eine dumme Äußerung von mir."

„Susanne, wir sind ja nicht allein, wenn dich das beruhigt. Mein bester Freund Manuel ist sicherlich auch mit von der Partie."

„Wenn schon, dann wäre ich aber vielleicht lieber mit dir allein. Zwei Männer und ich, ob das gut geht?", scherzte ich.

Herbert sah mich verwundert an.

„Hast du etwa Angst, wir könnten gemeinsam über dich herfallen? Ich bin derjenige, der Angst haben muss, dass Manuel dich mir nicht ausspannt. Er ist ein überaus attraktiver und einfühlsamer Kerl. Sportlich ist er auch noch, und im Gegensatz zu mir verdient er bereits Geld."

Dar war wirklich zum Lachen. Bis jetzt hatte ich nicht den Eindruck gewonnen, dass es Herbert störte, vom Geld seines Vaters zu leben.

„Nun, ich überlege es mir, okay?"

„Das klingt schon viel besser."

Drei Tage vor Weihnachten brachte Herbert mich zum Zug in Brüssel, mit dem ich schließlich nach Wien fuhr. Aus monetären Gründen hatte ich auf ein Schlafwagenabteil verzichtet. Bis zum Weihnachtsfest hatte ich in Wien genügend Zeit um mich auszuschlafen.

Wir verabschiedeten uns mit einem innigen Kuss.

„À bientôt, ma chère."

„À bientôt."

Ein bisschen Wehmut lag in der Luft, die Stadt, in der ich die Liebe meines Lebens kennengelernt hatte, zu verlassen. Die Aussicht allerdings, dass ich für Herbert offenbar kein billiges Erasmus-Abenteuer war, ließ meinen kleinen Kummer rasch verfliegen. Ich freute mich auch wieder auf zu Hause. Auf Wien, auf Nathalie und ihre Familie sowie auf Christine.

Nathalie holte mich mit ihrem Wagen vom Bahnhof ab. Es war ein herzliches Wiedersehen! Wir lagen uns in den Armen und ich genoss es, meine Freundin zu drücken.

„Du strahlst ja wie ein neu polierter Euro! Erzähle, war es toll in Brüssel? Wie sind denn die belgischen Männer so?"

Hunderte von Fragen prasselten auf mich ein, während sie ihr Auto sicher durch den chaotischen Weihnachtsverkehr durch die halbe Stadt lenkte.

„Langsam, langsam. Du wirst noch alles erfahren, meine Liebe", antwortete ich und lächelte geheimnisvoll.

„Susanne, du bist verliebt – ich sehe es an deiner Nasenspitze."

Nathalie war unschlagbar. Sie hatte einen ausgeprägten sensiblen Draht, der einem manchmal Angst machen konnte. In kurzen Worten schilderte ich ihr meine Erlebnisse und gab auch zu, dass es mich tatsächlich erwischt hatte.

„Ich habe es gewusst!"

Hätte sie ihre Hände nicht zum Lenken des Fahrzeuges gebraucht, wäre ich zu Matsch gedrückt worden. In allen Details wollte sie geschildert wissen, wie Herbert aussah, was er machte, woher er kam und ob er es ganz sicher ernst mit mir meinte.

Endlich hielt sie ihr Auto vor dem Haus, in dem ich vor sechs Jahren eine kleine Wohnung gekauft hatte. Ich verabschiedete mich von Nathalie und bedankte mich für das Abholen vom Bahnhof und für das Heimbringen. Wir verabredeten uns schließlich für den Heiligen Abend.

Endlich wieder zu Hause. Meine kleine Wohnung war mitten in der Stadt, in einem wunderschönen Haus der 1920er-Jahre, im ersten Stock. Ich musste gerade zweimal um die Ecke biegen, und dann stand ich direkt vor der Secession. Als ich sie nach 4 Monaten wieder betrat, schlug mir ein vertrauter Geruch entgegen. Nathalie musste Schalen mit getrockneten Rosenblüten aufgestellt haben. Sie wusste, ich liebte diesen Duft. Ich schaltete das Licht ein, und eine mir bekannte Wärme durchflutete mich. „Es ist doch schön zu Hause", dachte ich.

Zuallererst trug ich meine zwei Koffer in mein Schlafzimmer und hievte sie auf das Bett. Ich wollte sichergehen, dass meine Geschenke für Nathalie und Christine die Reise unbeschadet überstanden hatten. Als ich den Koffer öffnete, fiel ein Zettel heraus, den ich vorher noch nie gesehen hatte. Ich hob ihn vom Boden auf und las.

Chérie Susanne,

*ich hoffe, dass du gut in Wien angekommen bist und
dich kein fremder Mann auf der Reise belästigt hat.
Meine Einladung nach Wagrain habe ich ernst gemeint. Du würdest mich sehr glücklich machen,
wenn du mich dorthin begleiten würdest.*

In Liebe, Herbert

Herbert musste mir am Bahnhof den Zettel irgendwie
in den Koffer geschoben haben. Ich las ihn zweimal. Wie
freute ich mich, dass er tatsächlich mit „In Liebe" endete.

Nun spürte ich die Anstrengungen der Bahnfahrt.
Ich ging in die Küche, setzte Wasser auf und suchte nach
einem geeigneten Teebeutel. Endlich konnte ich einen
spärlichen Überrest von 3 Päckchen Pfefferminze finden. Ich goss mir eine große Tasse voll. Während der Tee
sein Aroma im Wasser verbreiten konnte, duschte ich
mich und zog mich zum Schlafen um. Dann räumte ich
die Koffer aus dem Bett und legte mich hinein, die Tee-
tasse stellte ich daneben auf den Nachtkasten. Ich griff
nach dem Handy und schickte Herbert noch eine SMS:
„Bin gut gelandet und todmüde. Liege schon im Bett und
schlafe bald. Ich werde von dir träumen. Viele Küsse, S."

Kurz wartete ich noch, doch es kam keine Antwort.
Wahrscheinlich war er gerade am Lernen. Langsam fielen mir die Augen zu, und ich musste noch daran denken, was mir seinerzeit der Arzt gesagt hatte, als meine
Mutter verstorben war.

XIII

„Sie sind schwanger, nicht wahr?", sagte Dr. Zöllner zu mir.

Fr. Lehner neben mir sprang so heftig von ihrem Sessel auf, dass Dr. Zöllner automatisch zurückwich.

„Was?"

Die sonst immer besonnene Lehrerin schlug einen messerscharfen Ton an. Sie blickte böse zu Dr. Zöllner und wendete den Kopf dann zu mir. Ihr stechender Blick durchbohrte mich. Ich verstand die Welt nicht mehr.

„Was soll ich sein?", stotterte ich.

„Schwanger."

Leichte Unsicherheit machte sich in Dr. Zöllners Stimme breit.

Nein, wie sollte ich denn schwanger sein, ich hatte noch nie ... In meinem Kopf schwirrte es. Mir wurde schwindlig.

„Nein. Das muss ein Irrtum sein, ich habe noch nie ...", stammelte ich verwirrt.

„Schluss jetzt mit dem Theater. Was bilden Sie sich ein? Das Mädchen ist völlig fertig, hat gerade seine Mutter verloren, und Sie wagen es, so was zu fragen?"

Frau Lehner war in ihrem Element. Dr. Zöllner lief knallrot an und schien fast im Erdboden zu versinken.

„Ich bitte vielmals um Entschuldigung", stammelte er, „aber die Nachtschwester von heute hat mir gesagt, dass ihre Mutter kurz vor ihrem Tod noch deutlich vernehmbar gesagt hat: ‚Sie ist schwanger und steht auf dem Balkon.'"

Frau Lehner war kaum zu beruhigen.

„Die Frau lag im Sterben. Was immer sie auch noch gesagt hat, sie scheint bereits in die andere Welt geblickt zu haben. Vielleicht war es auch sie selber, die sie gesehen hat, schwanger, damals, mit Susanne."

Dr. Zöllner stammelte: „Ja. Ich hab' gedacht, wenn Fräulein Schöder schwanger ist, ist das ja doppelt schlimm, und ich wollte nicht, dass …"

Frau Lehner unterbrach ihn barsch: „Was immer Sie wollten oder nicht wollten, besonders einfühlsam ist das alles nicht. Jedenfalls ist Susanne nicht schwanger, sondern am Boden zerstört, weil ihre Mutter tot ist. Haben Sie noch etwas zum Besten zu geben? Sonst werden wir jetzt gehen."

Dr. Zöllner sah mich mitleidig an und schüttelte den Kopf. Frau Lehner nahm mich bei der Hand und zog mich aus dem Sessel hoch.

„Komm, Susanne. Wir fahren heim. Du brauchst Ruhe. Ich werde schon für dich sorgen."

„Ich möchte Mama sehen", sagte ich zaghaft mit verheulter Stimme.

„Deine Mama ist im Himmel. Da wirst du sie irgendwann wiedertreffen. Behalte sie so in Erinnerung, wie du sie kanntest. Aber vergiss nicht, sie wird immer in deinem Herzen wohnen." Sanft drückte Frau Lehner meine Hand und fügte hinzu: „Komm, meine Liebe."

Sie führte mich aus dem Besprechungszimmer hinaus, ohne sich noch einmal zu Dr. Zöllner umzudrehen. Ich schwankte. Sie fasste mich fest am Arm und wiederholte: „Komm, mein Mädchen, wir fahren nach Hause zu mir."

XIV

Endlich fiel ich in einen seligen und tiefen Schlaf. Die Reise hatte ihren Tribut gefordert. Im Zugabteil war der Regler für die Heizung kaputt gewesen. Es hatte bestimmt nicht mehr als 18 Grad gehabt. Während der ganzen Fahrt war ich in meinem Wintermantel eingehüllt. Meine Mütze hatte ich auf, und selbst die Handschuhe hatte ich über weite Strecken nicht ausgezogen. Hoffentlich hatte ich mich nicht erkältet. Einen Schnupfen konnte ich zu den Feiertagen am allerwenigsten brauchen.

Ich träumte von Herbert. Dass wir beide zwei Kinder hätten und ein Haus mit einer riesigen Wiese. Wir hatten einen Hund, einen Rottweiler, und dieser fiel aus unerklärlichen Gründen meinen Jungen an und biss ihm ins Gesicht. Ich schrie und schoss mit einem Trommelrevolver auf den Hund. Er fiel rücklings in das Gras. In diesem Moment kam Herbert und knallte mir eine.

Davon wachte ich auf. Ich setzte mich auf und musste den Kopf schütteln. So ein Schwachsinn! „Es war nur ein Traum, Susanne."

Ich ließ mich zurück auf ein Kissen fallen und versuchte wieder einzuschlafen. Zuerst checkte ich noch mein Handy, ob eine SMS gekommen und wie spät es war. Es war kurz nach Mitternacht, und keine Nachricht war eingegangen. „Schade eigentlich", dachte ich.

Wieder musste ich an meine Mutter denken. Ob Herbert ihr gefallen hätte? Bestimmt. Er war charmant, freundlich, sensibel und sah verdammt gut aus. Er war meinem Vater nicht unähnlich – von außen betrachtet. Nur glaubte ich, dass Herbert als Familienmensch taugen könnte, im Gegensatz zu ihm.

Mein Vater! Ich seufzte und versuchte die Erinnerung an ihn zu verscheuchen. Meine Mutter hätte sich scheiden lassen sollen. Es hätte ihr gut getan, und wahrscheinlich wäre sie bald für eine neue Beziehung offen gewesen. Außerdem hätte ich dann nicht ständig Angst gehabt, ihre Gene geerbt zu haben. Erbschuld. Wie oft hatte ich bereits darüber gegrübelt, ob es sie wirklich gibt. Niemand außer mir wusste um Mamas Geheimnis. Und das würde auch so bleiben. Ich war sogar Nathalies Vater gegenüber in den vielen psychotherapeutischen Sitzungen immer standhaft gewesen. Er hatte gespürt, dass ich ihm ein wichtiges Detail meines Lebens verschwieg, aber er hatte nicht vermocht, es mir zu entlocken.

Ich stand aus meinem Bett auf und ging in die Küche. Die Wohnung war gut geheizt. Nathalie hatte dafür gesorgt, dass ich nach meiner Rückkehr nicht frieren musste. Trotzdem fröstelte ich. Ich war sicherlich noch nicht ausgeschlafen, aber das allein war nicht der Grund. Es lief mir immer ein kalter Schauder über den Rücken, wenn ich an die Ereignisse zurückdachte.

In meinem Teekessel war noch genug Wasser für eine Tasse Tee. Ich schaltete ihn ein und wartete auf das Pfeifen und Klackern. Aus der Lade darunter fischte ich einen Teebeutel. „Das beruhigt", dachte ich.

Mit der wärmenden Gefäß in den Händen setzte ich mich an den Küchentisch. Es war einer der Momente, in denen ich sehr froh darüber war, nicht mehr in der elterlichen Wohnung leben zu müssen. Hier hatte ich mein eigenes Reich. Weder Möbel noch Geschirr noch andere Einrichtungsgegenstände hatte ich aus der alten Wohnung mitgebracht. Ich hatte ausschließlich meine persönlichen Sachen und ein paar Fotos von meinen Eltern mitgenommen, die ich in einer Lade in meinem Wohnzimmer eingeschlossen hatte. Nichts, aber auch gar nichts wollte ich haben, was mich an die gemeinsame Vergangenheit mit meinen Eltern erinnerte. Meine Mutter hatte ich innig geliebt, bis zu dem Zeitpunkt, wo ich die Wohnung ausräumen musste. Danach hasste ich sie. Viele lange Jahre. Nun war ich wieder so weit, dass ich sie grundsätzlich liebte, aber differenzierter und nicht bedingungslos wie davor.

XV

Die Wohnung hatte ich mir gekauft, als ich neunzehn war. Ich hatte auf meine Volljährigkeit warten müssen, um über die elterliche Wohnung verfügen zu können. Weil diese mir viel zu groß gewesen war und keine guten Erinnerungen beschert hatte, hatte ich sie bald gegen eine kleinere im Stadtzentrum Wiens getauscht.

Für die alte Wohnung waren rasch Käufer gefunden. Wir hatten uns geeinigt, dass ich alles außer den persönlichen Sachen in der Wohnung belassen durfte. Die Käufer waren ein nettes junges Paar, das gerade beschlossen hatte, zusammenzuziehen. Sie konnten offenbar Möbel, Geschirr und dergleichen gut gebrauchen. So blieb mir nur, im Schlafzimmer meiner Mutter die Kästen und Schränke leerzuräumen.

Das Zimmer hatte ich seit ihrem Tod kaum betreten. Nur um es sauber zu halten, musste ich das eine oder andere Mal hinein. Ich hatte mich bis dahin nicht überwinden können, Mutters Kleider zu entsorgen oder zu verschenken oder gar in ihren persönlichen Sachen zu wühlen. Nun blieb mir aber nichts anderes übrig. Dafür organisierte ich einige Säcke für die Altkleidersammlung. Ich startete mit dem Kleiderschrank und stopfte alles in Bausch und Bogen in die Plastiktüten. Für die obersten Fächer benötigte ich eine Stehleiter.

Viel war dort nicht auszuräumen. Ein paar alte abgetragene Lederhandschuhe, zwei altmodische Mützen und ein augenscheinlich selbst gestrickter Schal in Grau sowie eine weiße Schuhschachtel. All die Dinge nahm ich herunter und stellte sie auf den Boden. Die Schachtel schien nicht leer zu sein, sie war jedenfalls schwerer, als ich vermutet hatte. Neugierig öffnete ich sie.

Darin befanden sich Zettel und Briefe. Ich nahm alles heraus und fand auf dem Schachtelboden noch einen Schlüssel, der zu einem Safe hätte passen können. „Interessant", dachte ich, nahm den Schlüssel und steckte ihn in meine Hosentasche. Dann setzte ich mich auf den Boden und begann einen der Briefe zu lesen.

Mein Geliebter,

Wie lange muss ich noch ohne dich ausharren? Ich kann unser Wiedersehen kaum erwarten.

Noch immer sauge ich deinen Duft abends ein, wenn ich mich auf mein Kissen lege. Ich habe die Stunden mit dir sehr genossen und hoffe, es geht dir genauso. Es macht mich aber beinahe krank, wenn ich nur daran denke, dass du nun bei deiner Frau liegst, die du gar nicht liebst. Wie schön könnte es sein, wenn wir für immer zusammen wären. Findest du nicht?
Übrigens, die Rosen, die du mir gebracht hast, blühen noch immer in den allerschönsten Farben. Ich kann es kaum erwarten, dass du nächsten Freitag

wieder zu mir kommen wirst. Es wird eine Über-
raschung geben. Nur so viel sei verraten, du wirst
von mir gar nicht mehr ablassen können.

Deine dich über alles liebende M.

„Herrje!", dachte ich. Das waren Liebesbriefe!
Aufgeregt nahm ich den nächsten in die Hand. Wieder begann ich zu lesen:

Mein Augenstern,

schade, dass du mich am Samstag schon so früh
verlassen musstest. Wann wirst du dieses Dop-
pelspiel beenden? Ich wünsche mir so sehr, dass
ich ganz offiziell mit dir Hand in Hand durch die
Stadt schlendern kann. Die Stunden mit dir sind
immer viel zu kurz, und wenn du gehst, warte ich
nur noch auf unser Wiedersehen. Jeder Tag ohne
dich ist unerträglich, ja, fast schmerzlich. Lange er-
trage ich diesen Zustand nicht mehr, glaube mir, es
zerrt an meinen Nerven, meinem Körper, meinem
Geist. Aber ich vertraue dir, es wird der Tag kom-
men, an dem wir beide gänzlich vereint sind und
uns nicht mehr Lebewohl sagen müssen.

In inniger Liebe, deine M.

Ich drehte den Brief um und suchte nach einem Datum. Es war keines zu finden. „Merkwürdig", dachte ich. Nach genauerer Betrachtung fiel mir auf, dass ich diese Handschrift nicht kannte. Jedenfalls konnte ich ausschließen, dass sie von meiner Mutter stammte.

So war das also. Nun hatte ich den Beleg, dass mein Vater meine Mutter doch betrogen hatte. Wann hatte sie davon erfahren? Vor seinem Tod? Hatte sie die Briefe nach seinem Unfall gefunden? Mir brummte der Kopf.

Ich nahm den nächsten Brief in die Hand. Als ich ihn auseinanderfaltete, fiel ein kleiner schwarz-weißer Zettel aus dem Papier. Ich hob ihn auf. Was war das? Ich drehte ihn ein paar Mal, konnte aber vorerst nicht erkennen, was das sein sollte. Am Rand waren Datum und eine Uhrzeit aufgedruckt:

8. September 1992, 10:22 Uhr

Ich legte dieses Stück Papier zur Seite und wandte mich interessiert dem Brief zu.

Mein über alles geliebter Hans,

endlich wird unsere Liebe Früchte tragen.
Ich wollte dir diese wunderbare Neuigkeit am Freitag persönlich sagen, aber leider musstest du mich zu schnell verlassen, um zu deiner Familie zu eilen. Das wird in Zukunft nicht mehr passieren. Wann wirst du ihr endlich sagen, dass du die Scheidung willst? Nun hast du jedenfalls einen triftigen Grund.

Ein Kind wird kommen. Ich freue mich so sehr, dass wir bald eine richtige Familie sind. Eine Familie, wie ich sie mir mit dir gewünscht habe! Du wirst unserem Sohn ein wunderbarer Vater sein, das spüre ich, das weiß ich. Ich hoffe nur, du freust dich ebenso unbändig auf unsere gemeinsame Zukunft wie ich.

In Liebe, deine M. (mit deinem noch ungeborenen Sohn)

Langsam begann ich zu begreifen. Dieser Zettel war ein Ultraschallbild. Mein Vater hatte nicht nur eine außereheliche Affäre. Er hatte auch ein uneheliches Kind! Ich hatte einen Halbbruder! Meine Hände zitterten. Ich versuchte zu antizipieren, wann meine Mutter von diesem Kind erfahren hatte. Nachdem er verunglückt war oder vielleicht davor? Ich war fürchterlich aufgewühlt und wütend. Sie hatte mich zeit ihres Lebens nie in dieses Geheimnis eingeweiht. Hatte sie geglaubt, ich könnte die Wahrheit nicht ertragen? Je länger ich nachdachte, desto trauriger wurde ich. Sie hatte mir einen Bruder vorenthalten. Als kleines Mädchen hatte ich mir so sehr einen Bruder gewünscht. Einen, der mich vor Papa beschützt.

Ich versuchte klar zu denken. Nun, vielleicht hatte auch sie den Jungen nie zu Gesicht bekommen. Wie auch, dazu hätte sie ja wissen müssen, wer M. war. Ob sie das je rausgefunden hatte?

Wo lebte M. mit ihrem Sohn jetzt wohl? Sollte ich womöglich versuchen, das zu recherchieren? Lange saß ich auf dem Boden im Schlafzimmer meiner Mutter. So ein

Schwein, mein Vater. Ein unbändiger Zorn auf ihn stieg in mir hoch. Wie hatte er Mama das antun können?

Nachdem ich den ersten Schock verdaut hatte, versuchte ich mich diesem Thema rational zuzuwenden. Wenn es diesen ominösen Sohn gab, wieso hatte seine Mutter nach dem Tod meines Vaters keine Ansprüche gestellt? Spätestens bei der Abhandlung der Verlassenschaft wäre die Sache aufgeflogen. Oder nicht?

Je länger ich grübelte, desto zorniger wurde ich. Wieso war ich nie darüber informiert worden? Mit den Fäusten trommelte ich auf den Boden, und ich begann zu heulen. So saß ich über eine Stunde da.

Nachdem ich mich ein wenig beruhigt hatte, fischte ich mir ein Taschentuch aus meiner Hosentasche und schnäuzte mich. Bei dieser Gelegenheit spürte ich den kleinen Schlüssel, den ich dorthin gesteckt hatte. Fieberhaft überlegte ich, wo dieser passen könnte. Ich raffte mich auf und suchte in den Kästen und in den Nachttischladen nach einem passenden Schrank oder Tresor. Nichts. Wo konnte dieser verdammte Schlüssel passen? Vielleicht gehörte er zu einem Bankschließfach? Aber wo konnte ich die Unterlagen hierfür finden? Außerdem hätte doch die Bank nach dem Tod meiner Mutter oder meines Vaters das Schließfach öffnen müssen. Eigenartig.

Ich legte die Briefe zurück in die Schachtel und trug alles zum Altpapier. Mein weiteres Leben sollte nicht mit diesem Müll belastet werden. Ob ich nun einen Halbbruder hatte oder nicht, würde keinen Einfluss auf meinen weiteren Lebensweg ausüben.

Danach schickte ich mich an, das Zimmer fertig aufzuräumen. Ständig musste ich mich ermahnen, dass al-

les, was ich gefunden hatte, der Vergangenheit ange-
hörte. Ich musste auf mich schauen. Mir gehörten die
Gegenwart und die Zukunft. „Ob meine Mutter von diesem Betrug gewusst hatte oder nicht, ist für mich nicht
relevant", redete ich mir ein.

Als ich beinahe fertig war, fiel mir das Hochzeitsbild
meiner Eltern ins Auge. Es hing über dem Ehebett. Das
musste ich jedenfalls noch entfernen. Ich zog meine
Hausschuhe aus und stieg in das Bett, um das Bild vom
Wandhaken abzunehmen. Als ich es in der Hand hatte,
staunte ich nicht schlecht. Dahinter offenbarte sich eine
Tür. Ein Safe schien genau an dieser Stelle in der Wand
eingebaut zu sein. Nie zuvor hatte ich diesen gesehen,
geschweige denn davon gewusst. Ob der kleine Schlüssel hier passen könnte? Erwartungsvoll steckte ich ihn
ins Schloss. Und tatsächlich!

Langsam öffnete ich die Safetür. Für weitere Überra-
schungen hatte ich momentan eigentlich nicht viel übrig, aber ich wollte die Räumerei hinter mir wissen. Ich
griff hinein. Was ich hervorzog, waren ein Album mit
ein paar Silbermünzen, zwei entwertete Sparbücher und
der alte Reisepass meines Vaters.

Ein weißes DIN-A4-Kuvert lag am Boden des Safes. Es
war unbeschriftet. Vorsichtig zog ich es heraus und öffnete es mit klopfendem Herzen. Was mochte sich darin
noch verbergen? In dem Umschlag waren zwei alte Tageszeitungen und ein gefalteter linierter Zettel, an den
Rändern bereits vergilbt. Ich setzte mich auf das Bett und
zögerte, den Inhalt näher zu betrachten. Die beiden Zeitungen waren von ein und demselben Tag, 15.11.1992.
Beide hatten dieselbe Headline: *Schwangere stürzte vom*

8. Stock über Balkongeländer! Tot. Und klein gedruckt: *Lesen Sie mehr auf Seite 7*. Mir zitterten die Hände, als ich die erste Zeitung auf Seite 7 aufschlug.

Wie die Polizei berichtete, stürzte gestern gegen 22 Uhr die dreißigjährige Martha M. von dem Balkongeländer ihrer Wohnung vom 8. Stock in die Tiefe. Sie war sofort tot. Die Todesursache war ein Genickbruch. Die Obduktion stellte fest, dass Martha M. im 5. Monat schwanger war. Die Tote wies aber für den Sturz untypische Verletzungen im Gesicht und an den Oberarmen auf. Ein Fremdverschulden kann nicht gänzlich ausgeschlossen werden. Wir ersuchen Mitbewohner des Hauses oder eventuelle Passanten, für zweckdienliche Hinweise die Kripo Wien unter der Telefonnummer 0133 anzurufen.

Neben den reißerischen Fotos vom Gehsteig, wo die Kontur eines Menschen nachgezeichnet war, und dem Hochhaus war ein Bild von Martha M. zu sehen. Sie war eine sehr hübsche junge Frau. Die langen Haare waren hellblond, vermutlich gefärbt, und zu einem eleganten Knoten hochgesteckt. Ich hatte das Gesicht schon einmal gesehen, aber wo?

Ich ließ die Zeitung langsam sinken. War das die Geliebte meines Vaters gewesen? M.? Wieso hatte meine Mutter dies alles aufgehoben? Hatte sie rausgefunden, wer M. war? Mir wurde schwindlig. Hatte meine Mutter womöglich etwas mit dem Tod dieser Martha zu tun? *Fremdverschulden kann nicht ausgeschlossen werden.*

Schön langsam dämmerte es mir. Ja, ich hatte die Frau bei der Beerdigung meines Vaters gesehen! Ihretwegen bekam ich die einzige Ohrfeige, die ich je von meiner Mutter erhalten hatte. Ich fragte, wer sie war!

Natürlich, das war sie, die Geliebte meines Vaters! Also hatte ich keinen Halbbruder. Er war auch tot. Ich war erleichtert, denn ich wollte mich nicht mit neuer Verwandtschaft herumschlagen müssen. Womöglich hätte die „neue" Familie auch noch irgendwelche Ansprüche gestellt. Nein, das konnte ich definitiv nicht brauchen.

Ich saß da, auf dem Bett meiner Eltern, und überlegte, was ich mit dieser Informationsflut anfangen sollte. Wenn ich Nathalie einweihte, würde sie mich sicherlich zu ihrem Vater schicken, um auch dieses „Trauma" aufzuarbeiten. Dazu war ich aber noch nicht bereit. Gerade wollte ich die Zeitungen zusammenpacken und zum Altpapier tragen, als mein Blick auf den noch herumliegenden gefalteten Zettel fiel. „Augen zu und durch", dachte ich mir. Schlimmer konnte es nicht mehr kommen.

Ich faltete ihn auseinander und strich ihn glatt. Dann begann ich zu lesen.

Liebe Susanne,

wenn du diese Zeilen finden wirst, bin ich sicherlich schon längst tot.
Ich habe dich immer geliebt, und du warst das Beste, was mir je passieren konnte.
Es ist viel schiefgelaufen in meinem Leben, und ich möchte dich mit diesen Zeilen davor bewahren, dass du dieselben Fehler machst wie ich.
Der erste große Fehler war, dass ich aus Liebe geheiratet habe und nicht aus Vernunft. Dein Vater war ein sehr schöner, aber auch ein sehr arrogan-

ter Mann. Er wusste um seinen Wert bei den Frauen. Er konnte überaus charmant sein und jede Frau bezaubern, aber letztendlich benutzte er sie. Meine Eltern hatten mich vor ihm gewarnt, doch ich war schwanger und wollte keinesfalls als Alleinerziehende dastehen. Zuerst versuchte er, mich zur Abtreibung zu bewegen, was ich nie und nimmer gemacht hätte. Susanne, dann würde es dich gar nicht geben! Stell dir das einmal vor.

Schlussendlich konnte ich ihn zur Heirat überreden und hoffte, damit würde alles gut werden. Ich war ihm bestimmt eine gute Ehefrau, doch das war ihm egal. Er behandelte mich mehr wie eine Hausangestellte, und ich wusste genau, dass er herumhurte. Nie machte ich ihm einen Vorwurf. Ich hatte Angst, dass er mich verlassen würde. Daher ertrug ich seine Eskapaden, still leidend, aber mit Würde. Dann kam diese Martha. Sie umgarnte ihn, wollte ihn für sich haben. Oft saß ich abends allein mit dir zu Hause, weil er angeblich Überstunden machen musste. Ich hätte wahrscheinlich sogar diese Dreiecksbeziehung aus Liebe zu ihm ertragen, aber sie musste ja schwanger von ihm werden. Somit hatte sie ein probates Druckmittel, ihn zur Scheidung zu bewegen.
Am Tag vor dem Unfall deines Vaters sprach er das Thema zu Hause an. Du warst an diesem Abend bereits im Bett, und er bat mich um eine Unterredung in seinem Auto, falls es laut werden sollte. Im Grunde stellte er mich vor vollendete Tatsachen.

Er werde sich scheiden lassen, für dich und mich eine kleine Wohnung kaufen. Martha solle in unsere Wohnung einziehen. Ich solle mir keine Sorgen machen, er werde mich und meine Brut schon durchfüttern. Das waren seine Worte.

Du kannst dir nicht vorstellen, was das für mich bedeutete. Ich heulte Rotz und Wasser, trommelte auf seine Brust ein. Es gibt kein Schimpfwort, das ich ausgelassen habe. Er lachte mich aber nur aus und sagte: „Sei bitte nicht so hysterisch, du bist ja nicht die Erste auf dieser Welt, die ein Mann gegen etwas Besseres eintauscht."

Er stieg aus dem Wagen und ließ mich allein sitzen. Ich war zerstört. All meine Hoffnungen, meine Träume von einem glücklichen, zufriedenen Leben lagen in Scherben. Fast die ganze Nacht saß ich im Wagen, zuerst gekränkt, traurig, später wütend, zornig. Dann durchdachte ich meinen perfiden Plan bis in das kleinste Detail.

Du weißt, ich hatte mir in sehr jungen Jahren eingebildet, Mechanikerin zu werden, und ich hatte auch ein Jahr lang in einer Werkstatt verbracht, ehe mein Vater sich durchsetzte und ich einen „ordentlichen Mädchenberuf" erlernte.

Wie in Trance öffnete ich die Motorhaube, suchte die Bremsschläuche und schnitt sie mit einem Messer, das immer im Handschuhfach lag, durch. Ich versuchte, den Schnitt nicht glatt aussehen zu lassen. Du weißt bestimmt, was ich meine.

Alles Weitere kennst du ja. Die Versicherung zweifelte an der Mardertheorie der Polizei. Aber als sie sich das Fahrzeug doch nochmals ansehen wollten, war der Wagen bereits von der Polizei freigegeben worden und verschrottet.

Meine Liebe, ja, ich bin verantwortlich für den Tod deines Vaters. Er war aber nicht dein Vater, er war dein Erzeuger. Ein Vater hätte dich nie geohrfeigt, ein Vater hätte mir dir gespielt, mit dir gekuschelt, dich geherzt und dich geliebt, wie du es verdient hättest. Niemals hätte er dich als „Brut" bezeichnet.

Liebe Susanne, wenn du diesen Brief gefunden hast, dann weißt du auch über den Rest Bescheid. Du kennst den letzten Teil der Geschichte. Zu eruieren, wer Martha war und wo sie wohnte, war keine Herausforderung. Sie wagte es sogar, auf der Beerdigung deines Vaters aufzutauchen. Weißt du noch? Du fragtest mich nach der blonden Frau.

Ich suchte sie ein paar Tage später auf. Glaube mir, ich wollte sie nicht töten. Ich wollte sie nur zur Rede stellen, dass es nun vorbei sei mit der Liebe und sie es auf keinen Fall wagen solle, den Vater ihres Kindes preiszugeben. Weder würde ich Ansprüche an das Erbe dulden, noch wollte ich, dass du irgendwann erfährst, dass du einen Halbbruder hast. Sie lachte mich aus. Sie sagte mir, dass Hans mich nie wirklich geliebt habe und ich ihn mit dem Kind, mit dir, zur Ehe gezwungen habe. Sie sei ja nicht die Erste, mit der er ein Verhältnis während der Ehe gehabt habe. Aber die Letzte. Sie wisse genau, dass ich etwas mit seinem Tod zu tun hätte, und sie werde es irgendwann auch beweisen können.

Ich ging auf ihren Balkon, um frische Luft zu schnappen. Sie folgte mir. Sie spottete über mich, was ich für eine graue Maus sei und wie Hans sich über mich lustig gemacht habe. Vor allem im Bett sei ich eine richtige Schlaftablette gewesen. Da sei sie schon was anderes.

Irgendwann konnte ich nicht mehr zuhören. Ich schlug ihr ins Gesicht, und schließlich packte ich sie an den Schultern und schüttelte sie. Ich zerkratzte ihr Gesicht und drückte sie gegen das Geländer, fester und fester. Sie kippte nach hinten und stürzte rücklings hinunter. Das wollte ich nicht, aber es war geschehen. Zuerst stand ich starr vor Schreck da und schaute nach. Bald registrierte ich, was ich angestellt hatte. Ich verließ die Wohnung und achtete darauf, dass mich niemand sehen konnte.

In den folgenden Tagen haderte ich oft mit mir, ob ich mich der Polizei stellen sollte. Aber dann wärst du allein gewesen. Ganz ohne Mutter. Niemals hätte ich dir das antun können.

Susanne, ich war dir, glaube ich zumindest, eine gute Mutter, und trotzdem war ich eine Doppelmörderin.

Vergib mir, mein Kind. Du hast keine Schuld. Ich wollte immer ehrlich zu dir sein und nichts verheimlichen. Das habe ich hiermit getan.

Ob du mich hassen wirst, nachdem du diese Zeilen gelesen hast, vermag ich nicht zu beurteilen. Ich kann nur hoffen, dass du meine guten Seiten in Erinnerung behältst.

Lange Zeit dachte ich an Suizid, aber ich wollte dich zumindest begleiten, bis du erwachsen bist und vielleicht schon einen Beruf und sogar eine Familie hast. Ich weiß nicht, ob es mir vergönnt sein wird.

Du musst dein Leben allein meistern. Denke immer daran, dass ich für dich immer das Beste wollte.

Ich werde dich immer lieben, egal wo ich sein werde, wenn du diese Zeilen liest.

In Liebe, deine Mama

XVI

Bei all den Gedanken war ich fast am Küchentisch eingenickt. Mein Handy vibrierte. Ich nahm es und sah auf die Uhr. Es war ein Uhr morgens.

Eine SMS von Herbert: „Freut mich, dass du gut angekommen bist. Ich habe mich auf die Prüfung vorbereitet, und Carlo war bei mir zum Abendessen. Ich gehe jetzt ins Bett. Viele Küsse, H."

Aha, das war ein langes Abendessen. Nun, Männer halt. In der Zwischenzeit hatte mich die Müdigkeit wieder übermannt, und ich ging zurück ins Bett. Ich schlief auch sofort ein.

Am nächsten Morgen spulte ich mein Standardprogramm ab. Aufstehen, anziehen, laufen, Karateübungen, duschen, Frühstück. Nathalie hatte auch daran gedacht, mir ein paar Kleinigkeiten in den Kühlschrank zu stellen wie Joghurt, Milch und etwas Obst.

Ich fühlte mich trotz meiner nächtlichen Schlafpause ausgeruht und war gerade im Begriff, meine Koffer auszupacken, als das Telefon läutete.

„Christine! Schön. dich zu hören!"

„Hi, Susanne, Nathalie hat mir gesteckt, dass du seit gestern wieder im Lande bist. Magst du heute Nachmittag auf einen Kaffee gehen?"

„Ja, gerne."

Wir verabredeten uns für fünfzehn Uhr in unserem Lieblingscafé nahe dem Naschmarkt.

Pünktlich um drei saß ich bereits bei einer Melange. Christine verspätete sich ein paar Minuten.

„Dieser elende Weihnachtsverkehr", eröffnete sie, während sie ihre Jacke auszog und über den leeren Sessel neben sich hängte.

Wir umarmten uns herzlich und hatten uns jede Menge zu erzählen.

Nathalie hatte wohl schon angedeutet, dass ich einen Mann kennengerlernt hatte. Christine fragte mir regelrecht Löcher in den Bauch. Sie hatte bei Weitem nicht die feinen Antennen wie Nathalie. Sie war dafür unbekümmerter, und man konnte richtig Spaß mit ihr haben. Im Gegensatz zu Nathalie und mir schleppte sie im Halbjahrestakt neue Verehrer an, die Trennungen schien eher sie einzuleiten, wirklich leiden hatte ich sie nach einer beendeten Beziehung noch nie sehen. Ihr Motto war: genieße, solange es geht. Wenn der Richtige kommt, ist es ohnehin vorbei. Wir unterhielten uns prächtig, und ich musste ihr hoch und heilig versprechen, Herbert umgehend vorzustellen, wenn er in Wien war.

„Hey, du wirst ihn mir doch nicht ausspannen wollen, oder?"

„Nein, die Freunde meiner Freundinnen interessieren mich nicht. Die sind für mich geschlechtsneutral. Aber neugierig bin ich schon. Auf den Fotos sieht der Typ ja richtig heiß aus."

Ich hatte ihr ein paar Schnappschüsse gezeigt, die ich in Brüssel gemacht hatte.

Der Nachmittag gestaltete sich sehr kurzweilig, und Christine schlug vor, noch einen Abstecher zum legendären Christkindlmarkt am Rathausplatz zu machen. Eigentlich wollte ich noch meine kleinen Geschenke einpacken, meine Koffer weiter ausräumen, alles verstauen und mich ruhig auf Weihnachten einstimmen. Nach längerem Zögern gab ich nach, und wir zogen los.

Am Markt herrschte dichtes Gedränge, so mancher hatte schon zu viel Punsch oder Glühwein konsumiert, die ewig grauenhaft kommerzialisierte Weihnachtsmusik dudelte aus den Lautsprechern, und ich fragte mich, was ich da sollte. Christine war in ihrem Element, sie steuerte auf einen Stand zu, und mit Ellbogentechnik und ein paar flegelhaften Worten drängte sie sich vor und organisierte uns zwei Tassen Punsch. Ich mochte dieses klebrige, süße Zeug nicht, nur ihr zuliebe bedankte ich mich höflich und trank einen Schluck. Zumindest konnte ich mir an der warmen Gebräu meine mittlerweile steif gefrorenen Finger auftauen.

Sie hob die Tasse und gab ganz pathetisch zum Besten: „Liebe Susanne, ich freue mich sehr, dich glücklich zu sehen. Ich wünsche dir von Herzen, dass du mit Herbert die Liebe deines Lebens gefunden hast. Prost!"

„Danke dir", sagte ich mit leicht erstickter Stimme.

Ich war ergriffen. Umarmen konnte ich sie nicht, die Tasse war im Weg.

Wir trafen auf dem Markt noch ein paar Schulkollegen, und ich lernte zwei Kommilitonen von Christine kennen. Alles in allem wurde es ein sehr vergnüglicher Abend.

Als ich endlich gegen Mitternacht zu Hause eintraf, war ich völlig durchfroren und müde. Rasch stieg ich aus meinen kalten Kleidern und huschte in die Dusche. Das heiße Wasser tat richtig gut. Der ganze Körper kribbelte.

Nachdem ich mich abgetrocknet hatte und in meinen Bademantel geschlüpft war, kontrollierte ich noch mein Handy, ob sich in der Zwischenzeit jemand für mich interessiert hatte. Tatsächlich, Herbert hatte dreimal versucht, mich anzurufen und schickte mir eine SMS hinterher. „Wo bist du? Ich hoffe, du hast nicht schon einen neuen Liebsten gefunden ☺. Ruf mich bitte an, wenn du die Zeilen liest. Kuss, H." „Was ist so dringend?", fragte ich mich. Sollte ich jetzt, nach Mitternacht, noch anrufen? Na ja, warum eigentlich nicht? Er war im Gegensatz zu mir eine Nachteule und schlief sich lieber am Morgen aus. Bestimmt würde er um diese Uhrzeit nicht mit meinem Anruf rechnen.

Ich entschied mich, mit einer SMS zu antworten. „Du kannst beruhigt sein, die schönen Männer sind aus Wien derzeit ausgeflogen ☺. Ich war mit einer Freundin auf dem Christkindlmarkt. Melde dich morgen, wenn du ausgeschlafen bist. Love, S."

Glücklich stieg ich in mein Bett und schlief auch prompt ein.

XVII

Nun bin ich wieder allein in diesem Haus. Ich bin verunsichert. Was hat Nathalies Spürnase entdeckt? Es gibt im Grunde nichts zu finden. Weder die Polizei noch irgendjemand anderes, außer Manuel, zweifelten je am Unfallhergang. Ich überlege fieberhaft. Hat Nathalie mehr Kontakt zu Manuel, als sie zugibt? Gernot ist mit Manuel befreundet, wenn auch nicht ganz so eng. Eigentlich sind sie mehr Kumpels. Das heißt: gemeinsam ein Bier trinken und Sportveranstaltungen anschauen. Man hilft sich gegenseitig bei kleineren Arbeiten, und manchmal unternimmt die Männerrunde eine Radtour, wenn Nathalie und ich wieder das Bedürfnis nach einem gemütlichen Kaffeetratsch verspüren.

Nathalie hat Manuel nie wirklich ins Herz geschlossen. Sie fand schon immer, dass er etwas verberge. Sie ist im Gegensatz zu ihm eher der konservative Familientyp, und Manuel ist alleinstehend und kinderlos. Für Nathalie verdächtig, in welche Richtung auch immer. Nie im Leben hätte sie Manuel als Babysitter für ihre Kinder engagiert. Ich lachte sie häufig ob ihrer Ängste und Zweifel zu seiner Person aus. Schließlich konnte auch ihr Mann nichts Negatives über ihn berichten.

In jedem Fall habe ich Handlungsbedarf. Wenn ich mich noch länger meinem Lamento hingebe, werde ich dafür bitter bezahlen. Nathalie hat recht. Ich sollte wieder mit dem Arbeiten anfangen und mein gewohntes Leben aufnehmen. Das ist wohl der erste Schritt in die Normalität. Ich muss mir rasch einen Schlachtplan überlegen, den es bis zum nächsten Wochenende umzusetzen gilt.

Einladen und um eine Aussprache bitten kann ich Manuel nicht, der würde sofort den Braten riechen. Aber irgendwie muss ich an ihn rankommen. Noch habe ich den Schlüssel von seinem Haus. Er vertraute ihn uns vor Jahren an, damit wir seine Pflanzen pflegen können, wenn er verreist.

Der Schlüssel, oh mein Gott! Er hat auch einen von unserem Haus, wie das bei guten Nachbarn und Freunden so ist. Das Erste, was ich tun muss, ist, die Schlösser an der Eingangstür und beim Kellerzutritt tauschen. Ich hole mir mein Tablet aus dem Schlafzimmer und suche nach Schlüsseldiensten. Verdammt, es ist Sonntagabend! Gleich morgen Früh werde ich den Nächstgelegenen anrufen.

XVIII

Am nächsten Morgen drehte ich meine übliche Runde. Nach meiner Rückkehr duschte ich ausgiebig und gönnte mir ein Schlemmerfrühstück mit Spiegelei, Speck und reichlich Vollkornbrot. Ob zehn Uhr für Herbert noch zu früh war? Ich schickte eine SMS: „Bist du schon wach?" Zwei Minuten später läutete das Telefon.

„Hi, meine Schöne. Schon munter, gesportelt und gefrühstückt?"

Ich schmunzelte. Ja, er kannte meine morgendlichen Rituale schon ganz gut.

„Und du?", fragte ich.

„Ich liege noch im Bett und stelle mir gerade vor, dass du da bist."

„Na dann ... Soll ich später anrufen?"

„Nein. Natürlich nicht. Deine Stimme perfektioniert meine Phantasien geradezu."

„Du ...!"

„Na, na, was denkt das böse Mädchen jetzt?"

„Lass gut sein. Du wolltest mich sprechen, dringend! Schon vergessen?"

„Schade, jetzt war ich gerade in Fahrt, und du wirst unromantisch und förmlich."

Ehrlich gesagt war ich eine lausige Telefoniererin. Für mich war diese technische Errungenschaft nur da, um wichtige Mitteilungen zu übermitteln. Es war mir schon als junges Mädchen völlig schleierhaft, wie man Stunden um Stunden den Hörer am Ohr halten konnte. Meiner Meinung nach löste das nur Nackenverspannungen und Gehörschäden aus. Ich möchte meinen Gesprächspartner lieber gegenüber haben. Mit Gestik und Mimik konnte man Stimmungen viel besser einfangen und darauf reagieren.

„Also, mein herzallerliebster Herbert. Du weißt noch nicht alles von mir. Ich telefoniere nicht besonders gerne, auch wenn ich deine Stimme liebe."

„Na so was. Noch eine untypische Eigenschaft einer Frau."

Er lachte.

„Gut, dann kommen wir zum Wesentlichen. Ich wollte dir nur mitteilen, dass ich übermorgen heimfliege."

Mein Herz tat einen Sprung. Ja, endlich Wiedersehen!

„Super. Ich freue mich schon so auf dich."

„Ich muss dir leider auch eine schlechte Nachricht überbringen. Ich werde nach meiner Ankunft in Wien gleich heim in die Steiermark fahren. Manuel ist in Wien und nimmt mich im Schlepptau mit nach Hause."

„Hm, das ist aber schade."

Ich reagierte entgegen meiner sonstigen Art ein wenig eingeschnappt. Hatte er wirklich nicht die Möglichkeit, wenigstens eine Nacht in Wien zu bleiben?

„Aber Liebes", sprach er weiter.

Er musste meine Enttäuschung gespürt haben.

„Deswegen möchte ich ja meine Einladung wiederholen. Schau, ich verbringe Heiligabend und den Tag darauf bei meinen Eltern, und dann fahren Manuel und ich nach Wagrain in unsere Hütte. Ich rechne fest damit, dass du mich begleitest."

Ich zögerte. Erstens hatte ich mir das Wiedersehen anders vorgestellt, nämlich hier in Wien, und zweitens war ich noch immer nicht sicher, ob ich die Einladung annehmen sollte. Einerseits war unsere Beziehung noch sehr jung, und andererseits … wollte ich, dass ein Freund von ihm auch dabei war?

„Komm schon, Susanne. Lass mich nicht zappeln, oder hast du in den Weihnachtsferien Besseres vor? Du weißt ja, ich muss um den zehnten wieder nach Brüssel, um mein Semester zu beenden. Viel Zeit werde ich also in meiner Wohnung in Wien nicht verbringen können."

„Herbert, ich möchte schon gerne, aber ich bin euch wahrscheinlich nur hinderlich. Ich bin hoffnungslos ungeübt im Skifahren. Nicht einmal eine Ausrüstung besitze ich. Und dein Freund wird auch nicht in Begeisterungsstürme ausbrechen. Ihr habt euch doch schon lange nicht gesehen."

„Das ist aber ein Unfug", konterte er. „Wir sind erwachsene Leute, und Manuel und ich sind nicht wie Kletten. Erstens liebt er Snowboarden, und zweitens ist er kein Kind von Traurigkeit. Der kommt auch zeitweilig ganz gut ohne mich zurecht. Und was deine Ausrüstung betrifft: Skibekleidung gibt es auf der Hütte genug. Ich denke, es müssten dir die Sachen von meiner Mutter wie angegossen passen. Den Rest kann man sich ausborgen."

„Deine Mutter wird aber nicht begeistert sein, wenn ich ihre Sachen trage, meinst du nicht?"

Ich konnte mir nicht vorstellen, in fremden Klamotten auf der Piste zu stehen.

„Sie war nie eine begnadete Skifahrerin, umso mehr hat sie das Sitzen auf den Liegestühlen bei den Gastrohütten genossen. Sie hatte vor drei Jahren einen schweren Skiunfall. Ein Betrunkener ist blindlings in sie reingekracht. Dabei erlitt sie einen Kreuzbandriss im rechten Knie. Der Heilungsprozess war sehr langwierig. Seitdem steigt sie weder auf Skier, noch ist sie in Pistennähe zu kriegen."

Ich hörte gut zu und überlegte trotzdem schon die Antwort.

„Ach so. Ich mache dir einen Vorschlag, ich überlege es mir bis morgen. Darf ich?"

„Du darfst fast alles."

„Ich hatte auch noch vor, in den Ferien für meine Diplomprüfung zu lernen. Schließlich möchte ich im März fertig sein."

„Ja, ja, das Fräulein Perfekt. Du nimmst deine Unterlagen mit, und wenn es Manuel und mir nach Bier gelüstet, kannst du ja in deinen Büchern schmökern."

Sein süffisanter Unterton war nicht zu überhören, und ich konnte mir genau vorstellen, wie er im Augenblick gerade spöttisch seine Lippen schürzte.

„Sehr lustig. Aber noch mal: Lieben Dank für die Einladung und versprochen – morgen bekommst du meine Antwort."

Wir wechselten noch ein paar Belanglosigkeiten und verabschiedeten uns mit vielen Küsschen durchs Telefon.

XIX

Wenn ich es mir so recht überlegte, hatte ich noch nie einen Skiurlaub gemacht. Mit meinen Eltern hatte es nur Tagesausflüge gegeben, und später war Skifahren unerschwinglich für mich. Im Grunde gab es außer zwei Wochen Jesolo in einem Apartment nie wirklich Urlaub. Ich beneidete meine Schulkolleginnen, die nach den Sommerferien von ihren Reisen nach Übersee oder von den tollen Hotelanlagen in Griechenland oder der Türkei berichteten. Im Winter fuhren sie mit ihren Familien nach Salzburg oder Kärnten, und manchmal machten sie sogar in den Osterferien Kurztrips an die oberitalienischen Strände.

Nur einmal hatten meine Eltern eine Flugreise mit mir geplant, nämlich nach Paris. Es war ein außerordentliches Geschenk zu meinem siebten Geburtstag. Wochen davor hatte ich im Fernsehen beiläufig eine Dokumentation über den Louvre gesehen. All diese Gemälde und Kunstschätze faszinierten mich dermaßen, dass ich nur mehr davon sprach. Meine Mutter und ich waren häufig ins Kunsthistorische Museum gegangen, und fast jeden Sonntag bettelte ich, das Schloss Schönbrunn anschauen zu dürfen. Ich kannte jeden Raum in- und auswendig. Ich denke, ich kann heute noch blind durch die Räume gehen und sie perfekt beschreiben.

Ich schwärmte so lange vom Louvre, dass mein Vater tatsächlich für uns alle eine Wochenendreise nach Paris buchte. Als ich das Geschenk bekam, war ich völlig aus dem Häuschen. Klarerweise hatte ich mit sieben keine Vorstellung von einer Flugreise, von gediegenen Hotels oder gar von einer Metropole wie Paris.

Von dem Tag meines Geburtstages bis zur Abreise waren es noch drei Wochen gewesen. In keiner einzigen Nacht bis zum Abflug mochte ich durchgeschlafen haben. Alles, was ich über Paris finden konnte, Bücher, Zeitschriften, Reiseführer, blätterte ich durch und sog jedes Bild ein.

Einen Tag vor der Abreise – es war ein Mittwoch – teilte uns mein Vater mit, dass er uns nicht begleiten könne. Eine außerordentliche Situation im Finanzamt in Graz habe sich ergeben, und er müsse wohl oder übel die nächsten beiden Tage vor Ort sein. Meine Mutter hielt mit Müh und Not die Tränen vor Zorn zurück. Die Eltern stritten sich, und ich verstand nicht wieso. Wenn Papa nicht mitfliegen konnte, na und? Mama und ich würden uns auch ohne ihn amüsieren.

Letzten Endes kam es so, dass meine Mutter und ich allein nach Paris flogen. Es war ein Traum für mich. Allein schon der Flughafen in Wien war eine Offenbarung. So viele Flugzeuge und Geschäfte, in denen es Dinge zu kaufen gab, die ich vorher noch nie gesehen hatte. Ich war verzückt von den Duty-free-Shops, die bunten Flakons für Parfüm fand ich besonders hübsch. Alle Leute waren sehr freundlich zu mir.

Bei der Gepäckkontrolle fragte ich meine Mutter, ob ich auch durch diesen Apparat müsse oder nur unsere Koffer. Sie erklärte mir, dass das Personal prüfe, ob wir nichts Verbotenes mitnähmen, wie Waffen oder Zigaretten. Ich konnte gar nicht verstehen, dass jemand Waffen brauchte und diese auch noch mit nach Paris nehmen wollte. Aber schnell hatte ich das vergessen, denn ich war von dem Bildschirm fasziniert, vor dem eine Dame in einer Art Uniform saß und in diesem für mich komischen Gewirr erkennen konnte, was alles in unseren Koffern war. Lange grübelte ich noch, wie das wohl ginge.

Am Gate fragte ich meine Mutter sicherlich dreißigmal, wann wir endlich in das Flugzeug dürften. Geduldig antwortete sie stets: „Gleich, mein Schatz."

Jedes Mal strich sie mir gedankenverloren über mein Haar. Sie schien sich gar nicht auf Paris zu freuen.

Nach einer gefühlten Ewigkeit durften wir endlich einsteigen. Wir hatten die Sitze 12A und 12B. Ich konnte nicht sagen, wieso ich das noch so genau wusste. Jedenfalls war ich den ganzen Flug über damit beschäftigt, alles genau anzuschauen. Eine Kleinigkeit zum Essen gab es auch und Wasser zu trinken.

Eine freundliche Dame in einem roten Kostüm brachte mir Spielkarten und ein Stofftier, das wie ein Frosch aussah. Ich hatte nicht damit gerechnet, dass ich Geschenke bekommen würde, und strahlte über das ganze Gesicht.

Nach zwei Stunden, die für mich sprichwörtlich wie im Fluge vergingen, landeten wir in Paris. Unentwegt blickte ich während der Landung aus dem Fenster. Viel gab es da nicht zu sehen. Die Landepisten und andere Flugzeuge und endlich das große Flughafengebäude. Fast war ich ein wenig enttäuscht, denn ich hatte wohl erwartet, den Eiffelturm zu erblicken, den ich aus Büchern und von Bildern bereits bestens kannte.

Wir stiegen über eine steile Treppe aus dem Flugzeug und mussten mit einem Bus weiterfahren. Ich dachte, dieser würde uns gleich in die Stadt bringen.

„Mama, wo sind unsere Koffer, sind die schon im Hotel?"

Meine Mutter lächelte das erste Mal seit unserer Abreise. Sie erklärte mir, dass wir nun zur Ankunftshalle fahren und dort unsere Koffer bekommen würden. Anschließend müssten wir beim Ausgang schauen. Jemand würde bestimmt eine Tafel mit unserem Namen hochhalten. Papa habe ja den Transfer vom Flughafen zum Hotel bereits gebucht. Wow! Woher sie das alles wusste? Ich bewunderte meine Mutter, schließlich war sie auch keine weit gereiste Person.

Alles kam so, wie sie sagte. Wir wurden mit einem Taxi zu einem kleinen netten Hotel nahe dem Eiffelturm gefahren. Mein Vater hatte sich tatsächlich nicht lumpen lassen und sogar eine Suite in einem Vier-Sterne-Hotel reservieren lassen. Im Nachhinein betrachtet eine mehr als angemessene Entschädigung.

Als meine Mutter auch noch mit ihrem Französisch, dass sie in der Handelsakademie gelernt hatte, die notwendigen Auskünfte an der Rezeption geben konnte, war ich überwältigt. Was hatte ich für eine tolle Mutter! Ich wollte auch einmal so gut Französisch sprechen!

An diesem Abend schlief ich das erste Mal in meinem Leben in einem richtig großen Hotelbett, und es fühlte sich absolut himmlisch an. Ich teilte die Schlafstätte mit meiner Mutter, und sie hielt meine Hand ganz fest, als ich einschlief.

Die vier Tage in Paris hatten mein Leben geprägt. Ich beschloss mit sieben Jahren, auf jeden Fall Französisch zu lernen. Mir gefiel der Klang der Sprache. In die Stadt selbst hatte ich mich auch verliebt. Kein Wunder, denn außer Wien kannte ich keine andere Stadt.

Da ich schon immer ein Faible für Kunst hatte, war es für meine Mutter ein Leichtes, mich durch die Pariser Museen zu schleifen. In den Louvre musste sie sogar zweimal gehen. Ich wurde weder müde noch hungrig noch musste ich dauernd aufs WC. Erst am Abend im Hotel fiel ich nach ein paar Happen im angeschlossenen Bistro wie ein Stein ins Bett.

Mein Vater hatte auch Karten für Disneyland Paris organisiert. Er meinte wohl, das könne mir gefallen. Aber ich fand all diesen Disney-Kram von klein auf schon scheußlich. Wo andere Micky-Maus- und Donald-Duck-Comics einsaugten, bevorzugte ich Bücher und Zeitschriften von berühmten Bauten, Schlössern und Kunstwerken. Woher ich dieses Interesse hatte, war schwer zu sagen, denn niemand in meiner Familie war besonders kunst- und kulturbeflissen. So entschlossen meine Mutter und ich kurzerhand, Disneyland sausen zu lassen und dafür eben ein zweites Mal den Louvre zu besuchen.

Damals hoffte ich, dass ich sehr bald wieder nach Paris reisen würde. Es hat zehn Jahre gebraucht, bis ich mit meiner Freundin Nathalie die Stadt meiner Träume wiedersah.

XX

Nach meinem Telefonat mit Herbert war ich voller Tatendrang. Im Grunde meines Herzens hatte ich die Einladung bereits angenommen, aber ich wollte nicht allzu vorschnell zusagen. Das machte womöglich keinen guten Eindruck.

Zuerst beschloss ich, meiner monatelang verwaisten Wohnung etwas Gutes zu tun. Ich staubte ab, saugte, wischte die Böden. Aus meiner Abstellkammer kramte ich eine Schachtel mit Weihnachtsschmuck hervor. Ich dekorierte mein Wohnzimmer und die Essecke mit etwas Lametta und ein paar schönen Glaskugeln, die mir Nathalie vor einigen Jahren geschenkt hatte.

Als ich fertig war und zufrieden mein Werk betrachtete, fiel mir ein, dass ich auch für Herbert ein Weihnachtspräsent brauchte. Ich wollte nicht mit leeren Händen nach Wagrain kommen. Schnell schlüpfte ich aus meiner Alltagsjogginghose und meinem grauen Lieblingssweater und zog mir eine warme schwarze Cordhose und einen tannengrünen Rollkragenpullover über. Um dem großen Vorweihnachtsrummel zu entkommen, machte ich mich gleich nach dem Frühstück auf den Weg. Kurz überlegte ich, was für ein Mitbringsel ich für angemessen hielt und was meine Brieftasche verkraftete. Er war immerhin ein verwöhnter Junge, der sich offenbar mit dem Geld seines Vaters alles leisten konnte und dem es an nichts fehlte. Außerdem hatte er einen guten Geschmack, der allerdings auch teuer war.

Die Entscheidung war gefallen. Mir war in Brüssel nicht entgangen, dass er zwar einen sehr edlen Schal einer bekannten britischen Modemarke trug, der wunderbar mit seinem beigen Dufflecoat harmonierte. Weniger gut passte er für mein Empfinden aber zu seiner sportlichen gelben Daunenjacke.

Ohne viel nachzudenken, steuerte ich das bekannteste Modehaus in der Kärntner Straße an. Ich schlängelte mich durch die Menge zur Rolltreppe und fuhr in die Herrenabteilung. Eine Beraterin zu finden, war schier unmöglich, daher machte ich mich eigenhändig daran in den übervollen Schütten nach einem geeigneten Stück zu suchen. Nach Betrachtung einiger Teile wurde ich fündig. Ein wunderschönes Exemplar aus reinem Kaschmir in Dunkelblau hatte es mir angetan. Der würde passen, ich war überzeugt. Ich schnappte mir das Teil und blickte mich suchend nach einer Kasse um. Was Einkaufen betraf, war ich immer sehr zielstrebig, langes Suchen und Probieren waren mir von je her ein Gräuel. Shoppen zu gehen war eher eine Qual denn eine Freude für mich, und was ich gar nicht ausstehen konnte, war, einfach durch die Stadt zu bummeln und zu hoffen, dass ich etwas fand, was ich dann doch kaufte. Für mich war das reine Zeit- und Geldverschwendung.

Vor der Kasse hatte sich bereits eine Schlange gebildet, und ich stellte mich hinten an. Nach zehnminütigem Warten kam ich endlich an die Reihe.

„Können Sie mir das bitte als Geschenk einpacken?", fragte ich höflich.

„Seh' ich so aus, als würde ich dafür Zeit haben?", schnauzte mich die Dame hinter dem Tresen an.

Irritiert schaute ich sie an.

„Okay. Machen Sie das in Ihrem Haus gar nicht?", versuchte ich noch einen freundlichen Anlauf.

„Sie können mit dem Lift in den 2. Stock fahren, lassen das dort einpacken, und dann kommen'S wieder hierher zum Zahlen."

Nochmals anstellen? Nie und nimmer!

„Nein, danke. Dann mach ich es daheim selber."

„Wie'S glauben."

Sie nahm den Schal, scannte das Kärtchen. Das edle Teil hatte seinen Preis. Für mich selbst hätte ich mir nie so ein teures Accesoire geleistet, aber für Herbert! Ich bezahlte und nahm die Tüte, in die die unfreundliche Dame den Einkauf mit mißmutigem Gesicht gesteckt hatte.

„Frohe Weihnachten", sagte ich, „und vielleicht sind Sie nach den Feiertagen wieder ein bisschen zugänglicher."

Ohne sie nochmals anzuschauen, drehte ich mich um und wollte gehen.

In diesem Moment traf mich der Blitz! In der gleichen Schlange etwa vier Personen hinter mir stand Herbert!

„Ich spinne wohl!", rief ich.

Herbert grinste mich breit an.

„Susannchen!"

Ungestüm fiel ich ihm um den Hals und küsste ihn ab. Er hatte einen Pullover und ein Hemd in der Hand und wusste nicht wohin damit, während er mich hölzern umarmte.

„Was machst du da? Wir haben doch eben erst telefoniert. Da warst du in Brüssel. Nein, das kann nicht sein. Du hast mich angelogen!"

Ich war so perplex, dass ich einerseits reden wollte, jedoch nicht wusste, was.

„Du Schuft!", sagte ich und löste mich aus der Umarmung.

„Jetzt ist jede Überraschung beim Teufel", meinte er mit einem gespielt traurigen Lächeln.

„Wie?"

„Warte, mein Herz, ich zahle. Dann erzähle ich dir alles."

Artig stellte ich mich neben ihn und wartete in der Schlange, bis er an der Reihe war. Er legte seine Kreditkarte auf den Tresen und fragte: „Würden Sie mir bitte die Sachen geschenkmäßig verpacken?"

Ich wollte gerade den Mund aufmachen, als die unfreundliche Kuh von vorhin flötete: „Sicherlich, Herr Marisoner. Schon lange nicht mehr gesehen. Sie werden doch nicht fremdgegangen sein?"

Mir blieb der Mund offenstehen. Na so was!

„Ich dachte, zum Einpacken muss man in den 2. Stock?", fuhr ich ärgerlich dazwischen.

„Ja, Gnädigste. Hier packen wir nur für Stammkunden und ab einem gewissen Warenwert ein", antwortete sie, und ihr süffisanter Unterton ließ keinen Zweifel, dass ich nicht zu dieser Art von Klientel gehörte.

Leise brummte ich in mich hinein: „Nein, du wirst mir meine gute Laune nicht verderben."

Demonstrativ küsste ich Herbert vor ihr auf die Wange. Sollte sie doch sehen, dass genau dieser Stammkunde zu mir gehörte.

Endlich war sie mit der Prozedur fertig, und wir kämpften uns zum Ausgang durch. Als wir draußen auf der Straße standen, fand ich die Worte wieder: „Was machen wir jetzt mit dem angebrochenen Tag? Ehrlich gestanden, ich hätte mit vielem gerechnet, aber nicht damit, dass ich dich in Wien antreffe."

In meinem Ton lag Freude und auch der Vorwurf, dass er mich angelogen hatte.

„Komm runter, Susanne. Ich erkläre dir gleich alles. Zu dir oder zu mir?", fragte er ganz ungeniert.

„Ähm."

Damit hatte ich nicht im mindesten gerechnet, aber meine Entscheidung fiel prompt und ohne Zweifel „Zu dir."

„Okay. Wir können einen Spaziergang machen, mit der U-Bahn fahren oder die Straßenbahn nehmen."

Von Herbert Erzählungen wusste ich, dass er ein nettes Loft in der Nähe des Zentrums bewohnte.

„Gehen wir zu Fuß. Kann nicht schaden, oder?", entschied ich aus diesem Grund, denn weit konnte es bis zu seiner Wohnung nicht sein.

Wir marschierten los.

„Nun rede endlich, wieso bist du in Wien? Wieso tust du in der Früh so, als ob du noch in Brüssel wärst?"

Er legte seinen Arm um meine Schultern und begann zu erzählen. Er sei bereits zwei Tage zuvor abends in Wien angekommen. Er wollte zuerst seine Wohnung auf Vordermann bringen und die noch ausständigen Weihnachtsbesorgungen erledigen. Dann hätte er mich heute Abend angerufen und mich versucht zu überreden, dass ich zu einem gewissen Treffpunkt ginge, um angeblich seinen Freund Manuel zu treffen. In Wirklichkeit wäre er dann dort gesessen.

„Ja, aber so haben wir einen Abend verloren", ergänzte ich, noch immer ein wenig enttäuscht, als er mit seinen Ausführungen fertig war.

„Dummchen", sagte er, „wir werden noch ganz, ganz viele schöne gemeinsame Abende haben."

Er drückte mich fest und gab mir einen Kuss auf die Stirn. Nach etwa dreißig Minuten standen wir vor einem Haus der Jahrhundertwende. Er sperrte auf.

„Hereinspaziert! Da wären wir."

Wir stiegen in den Lift, und er steckte den Schlüssel in ein Schloss ohne Angabe des Stockwerkes. Als die Lifttür sich nach kurzer Fahrt wieder öffnete, standen wir in einem geräumigen Vorraum mit Türen, die in verschiedene Zimmer führten. Herbert tippte noch eine Nummer in die neben der Aufzugstür befindliche Alarmanlage ein.

„Wow", sagte ich. „Du hast einen Privatlift."

„Nein." Herbert lachte. „Schön wär's. Aber in dieses Stockwerk kommst du nur mit Schlüssel."

Ich zog meine Schuhe und meine Winterjacke aus. Auch Herbert schlüpfte aus seiner mir bereits bekannten gelben Daunenjacke.

„Voilà, Madame", sagte er und führte mich in eine Art Wohn-Esszimmer.

Staunend blieb ich stehen. Eine Studentenbude stellte man sich bestimmt anders vor. Das Wohnzimmer war mit ausschließlich weißen, glänzenden Möbeln ausgestattet. In der Mitte zierten eine türkisfarbene Couch aus Samt und zwei schwarze Ledersessel den Raum. Der Glastisch sah aus wie eine große Vase. Die beiden Beistelltische neben der Couch waren mit zierlichen weißen Stehlampen geschmückt. An der Wand gegenüber dem Sofa war ein überdimensional großer Flachbildschirm angebracht. Das war fast wie im Kino. Das glatte, geölte Eichenparkett war teilweise mit einem wunderschönen weißen Fuchsfellteppich bedeckt. Auch die Essecke an der linken Seite konnte sich sehen lassen. Der Tisch und die Sessel waren ebenfalls in Weiß gehalten. Ein Metallglasschrank diente als optischer Abteiler zur Küche. Rechter Hand sah ich eine große Glasfront. Ich ging langsam auf sie zu.

„Die Aussicht ist ja genial!"

Eine Tür führte nach draußen. Von hier konnte ich erkennen, dass es sich um eine große Dachterrasse handeln musste. Unzählige Töpfe mit üppig wuchernden Pflanzen zierten die Front.

„Die sind aber schön. Wer hat sie denn gepflegt, während du weg warst?", fragte ich staunend.

„Manuel."

„Aha. Ich dachte, der wäre aus deinem Heimatort", hakte ich leicht verwirrt nach.

„Ist er auch. Aber er hat wie ich in Wien studiert. Er war nur schneller als ich. Erstens ist er zielstrebiger, und zweitens sind Germanistik und Geschichte nicht so eine Herausforderung wie Biochemie."

Herbert musste lachen. Während ich meinen Streifzug durch den Raum machte, stellte er seinen Einkauf auf den Couchtisch.

„Darf ich dir etwas anbieten?"

Ich drehte mich um und schaute ihm direkt in die Augen.

„Ja, dich!", antwortete ich wie aus der Pistole geschossen.

Ohne lange zu fackeln, küsste er mich, und wir nestelten bereits an unseren Kleidern. Lange und ausgiebig liebten wir uns auf dem Fuchsfell. Als wir endlich die Finger voneinander lassen konnten, stand er auf und ging aus dem Raum. Mit einem feinen Bademantel bekleidet kam er wieder. Für mich hatte er ebenfalls einen mitgebracht. Er war mir aber etwas zu groß.

„Hast du zwei davon?", fragte ich.

„Ja. Der gehört normalerweise auf die Almhütte und ist nur zum Waschen nach Wien mitgewandert."

Er hängte ihn mir über die Schultern. Dann ging er in die Küche.

„Möchtest du jetzt etwas trinken?"

„Ja, gerne. Wasser."

„Ich habe Champagner, da trinkt man kein Wasser."

„Du weißt doch, dass ich Alkohol schlecht vertrage. Wenn, dann nehme ich ein halbes Glas und dazu ein großes Glas Wasser, okay?"

„Abgemacht."

„Darf ich bitte dein Badezimmer benutzen?", fragte ich.

„Ja, bei der Tür raus und erste links."

„Danke."

Ich stand auf und ging barfuß ins Bad. Der Boden schien mit einer Fußbodenheizung ausgestattet zu sein. Er fühlte sich angenehm warm an. Das Badezimmer war genauso feudal ausgestattet wie der Wohnbereich. Hier war ebenfalls alles in Weiß gehalten. Der grau-weiß melierte Boden aus Marmor war herrlich schön gewärmt. Die gleichen Platten zierten die Rückwände der Dusche, der Rest war aus Glas. Auf dem Waschtisch thronten zwei große Aufsatzbecken und darüber befand sich ein großer Spiegelschrank. Neugierig öffnete ich die Türen des Spiegelschrankes, um Indizien für eine etwaige Mitbewohnerin zu finden. Nichts. Außer Rasierschaum, diversen Arten von Rasierlotions, Eau de Toilettes und den üblichen Artikeln, die für die Körperhygiene eines gepflegten Mannes notwendig sind, konnte ich nichts Verdächtiges entdecken. Lediglich, dass es zwei Gläser mit je einer Zahnbürste gab, ließ mich stutzen. Vielleicht hatte er sie schon für mich vorbereitet? Er wollte mich doch überraschen, nicht wahr?

Leise schloss ich den Schrank wieder und drehte den Wasserhahn auf, um meine Hände und mein Gesicht zu waschen.

Ich öffnete die Tür einen Spalt und rief hinaus: „Welches Handtuch darf ich benutzen?"

„Das linke", kam es zurück.

Nachdem ich mich abgetrocknet hatte, schlüpfte ich aus dem Bad und suchte die Toilette auf. Wie ich richtig vermutet hatte, war es die Tür neben dem Badezimmer. Auch hier gab es keinen Hinweis, dass sich stetig oder zeitweilig eine Frau in dieser Wohnung aufhielt.

Zurück im Wohnzimmer, fragte ich: „Du wohnst hier allein?"

„Ja, sicher. Habe ich dir doch schon in Brüssel erzählt."

„Darf ich die anderen Räume auch sehen? Das sieht hier alles so toll aus."

Herbert stellte die gefüllten Gläser in der Zwischenzeit auf den Couchtisch und nahm mich an die Hand.

„Komm!"

Zuerst zeigte er mir sein „Garbeitszimmer", wie er es nannte.

„Hier verbringe ich meine Lernstunden, und wenn ich Gäste habe, wird das Sofa ausgezogen, und sie haben ein bequemes Bett."

„Hast du oft Gäste?"

„Eher selten. Partys feiere ich hier nicht. Das können meine Nachbarn nicht so gut leiden. Es wird mehr von meinen Eltern benutzt, wenn sie mich in Wien besuchen kommen."

„Ist das oft der Fall?", fragte ich neugierig.

„Jetzt nicht mehr. Früher war meine Mutter sicherlich einmal im Monat in Wien. Zum Shoppen."

Herbert verdrehte die Augen.

„Zum Glück hat sie Mailand als Einkaufsparadies wiederentdeckt. Da ist sie jetzt öfter."

Das „Garbeitszimmer" war nicht so spektakulär eingerichtet wie die anderen Räume, aber immer noch schöner als meine gesamte Wohnung. Es blieb noch eine Tür.

„Da ist nun also dein Schlafzimmer", stellte ich fest und war im Begriff, die Tür aufzumachen.

„Non, non, non. Nicht so schnell."

Er zog mich fort und küsste mich.

„Wie, ich darf dein Schlafzimmer nicht sehen?"

Ich mimte eine Enttäuschung. Er lächelte.

„Lass mich vorgehen."

Er schubste mich sanft zur Seite, öffnete die Tür und schob seine rechte Hand durch den Spalt. Dann machte er die Tür ganz auf. In diesem Moment erklang Musik, und das Licht ging langsam an. Es war sehr schummrig und in Rot gehalten.

„Na, der Tempel der Verführung", bemerkte ich spitz und warf meinen Kopf in den Nacken.

„Und der Ort der Entspannung", fügte Herbert hinzu und küsste mich auf den Hals.

Sofort wollte ich ihn weiterziehen in den Raum hinein, wo das große runde Bett stand. Die Bettwäsche war zerwühlt. Er wehrte vorsichtig, aber bestimmt ab.

„Jetzt nicht."

Mit diesen Worten schob er mich wieder aus dem Raum in das Vorhaus.

„Was? Du verzichtest gerade auf den besten Sex, den du auf dieser Erde kriegen kannst?"

Ich wollte ihn dazu bringen, sein Bett heute mit mir zu teilen.

„Ich weiß, aber noch besseren kriege ich später. Man muss nur warten können."

Er grinste unverschämt.

„Wenn du dich da nicht mal täuschst", lachte ich ihn jetzt an und gab ihm einen Klaps auf seinen wohlgeformten Po.

Wir gingen zurück ins Wohnzimmer und stießen auf unser Wiedersehen an. Danach liebten wir uns noch einmal auf dem Fuchsteppich. Ich hatte völlig vergessen, dass ich es lieber im Bett getan hätte. Nachdem wir die erste Wiedersehensfreude ausgiebig genossen hatten, machten wir es uns auf der Couch gemütlich und gingen zur Planung der nächsten Tage über.

„Also, ich fahre übermorgen mit Manuel nach Hause. Den Rest kennst du ja. Ich gehe davon aus, dass du deine Entscheidung über Wagrain schon gefällt hast."

Er sagte es so beiläufig, als ginge ihn meine Antwort gar nichts an. Schmunzelnd sagte ich: „Ja, habe ich. Nun, jetzt haben wir uns ja in Wien getroffen und wir sehen uns bestimmt noch, bevor du nach Brüssel reist. Das reicht doch, oder? Da muss ich nicht mit dir in die Berge fahren."

„Ihn ein bisschen zappeln zu lassen kann nicht schaden", dachte ich mir.

Leider durchschaute er mich sofort.

„Du Luder!"

Ich fiel ihm um den Hals und küsste ihn.

„Danke für die Einladung. Ich komme gerne! Das einzige Problem ist: Wie komme ich dorthin? Ich habe kein Auto."

„Das ist leicht zu lösen. Manuel verbringt nur den Heiligen Abend im Elternhaus. Seine Eltern sind geschieden, und seine Mutter lebt in Wien. Das heißt, er fährt am 25. wieder hierher und am 26. von hier nach Wagrain. Er könnte dich mitnehmen."

„Bist du sicher, dass du das möchtest? Vielleicht verliebe ich mich in ihn. Was tust du dann?"

„Sorry, Susanne. Manuel ist ein hübscher, intelligenter, ausnehmend lieber Kerl und mein Freund. Er würde nie meine Freundin anrühren, dafür lege ich die Hand ins Feuer."

„Ob er sich da wohl nicht verbrennt?", dachte ich insgeheim. Ich hätte für niemanden je die Hand ins Feuer gelegt.

Schließlich einigten wir uns über die Gestaltung der Ferien. Herbert telefonierte mit Manuel, wir tauschten die Handynummern aus, und ich gab ihm meine Adresse, wo er mich am 26.12. abholen würde.

Herbert und ich verbrachten den restlichen Nachmittag mit einer gemütlichen Plauderei, und anschließend ging es zu einem kleinen Italiener um die Ecke zum Dinieren. Eigentlich hatte ich erwartet, dass er mich einlädt, die Nacht bei ihm zu verbringen. Doch nach dem Abendessen meinte er eher kühl: „Soll ich dich nach Hause fahren?"

Verlegen antwortete ich: „Nein, danke. Ich gehe zu Fuß. Ein wenig auslüften. Sehen wir uns morgen noch einmal?"

„Wenn du möchtest, komme ich dich besuchen", antwortete er.

„Gerne. Wann?"

„Ich möchte deine Morgenaktivitäten nicht stören", sagte er mit einem liebevollen Lächeln. „Sagen wir um 13 Uhr? Würdest du für mich kochen?"

„Mache ich. Bestimmter Wunsch?"

„Nein. Überraschung."

Wir verabschiedeten uns, und ich trat den Heimweg zu Fuß an. Beim Gehen fiel mir wieder ein, dass wir sein Schlafzimmer nicht eingeweiht hatten.

XXI

Nach langem Suchen finde ich endlich einen Aufsperrdienst in der Nähe. Ich hole mein Handy aus dem Vorraum und wähle die Nummer. Nach mehrmaligem Läuten hebt ein Mann mit einer sehr tiefen Stimme ab.

„Ja, hallo?"

„Ähm, bin ich mit dem Aufsperrdienst verbunden?"

„Ja. Was gibt's?"

„Nun ja. Ich würde gerne mein Schloss bei meiner Haustür und der Kellertür tauschen lassen. Sie machen so was doch, oder?"

„Gnädige Frau, selbstverständlich. Sind die Schlösser denn beide kaputt? Können Sie noch auf- oder zusperren?"

„Ja ja", antworte ich hastig, „sie funktionieren schon, aber ich habe leider meinen Schlüsselbund verloren, und ich möchte sichergehen ..."

„Haben'S die Adresse auf den Schlüssel gehängt?", fragt er mich ironisch.

Irgendwie komme ich mir blöd vor. Am Sonntag kommt doch keiner auf die Idee, prompt Schlösser tauschen zu lassen. Aber aus meiner Sicht ist das ein Notfall.

„Und Reserveschlüssel haben'S auch keinen?"

Er klingt genervt und unwillig.

Was bildet sich dieser grobe Kerl eigentlich ein! Ich habe Angst, dass ungebetene Gäste mein Haus betreten, und der nimmt mich nicht einmal ernst.

„Sehen Sie", versuche ich noch einen höflichen Anlauf. „Ich wohne allein, und es ist schon ein ungutes Gefühl, wenn man nicht weiß, wo genau man seinen Schlüssel verloren hat."

„Waren'S schon beim Fundamt oder bei der Polizei?"

Na klar, das muss doch kommen!

„Ja", lüge ich, weil mir seine Fragerei mittlerweile auf den Wecker geht, „aber es wurde nichts abgegeben."

„Okay", sagt er, „wenn'S denn so viel Angst haben. Ich kann übermorgen gegen Mittag bei Ihnen sein. Adresse und Name?"

„Übermorgen", stottere ich ins Telefon.

Das ist definitiv zu spät. Ich habe keine Ahnung, ob Manuel daran denkt, dass er einen Schlüssel von unserem Haus hat – und vor allem, ob er ihn in unredlicher Absicht gebrauchen würde.

„Das ist schon lang."

Ich lasse meine Stimme möglichst freundlich klingen.

„Früher geht nicht. Ich bin leider mit Arbeit zugedeckt."

Ich unternehme noch einen Anlauf.

„Hören Sie, ich bin grundsätzlich kein Angsthase, aber es ist bei mir schon einmal eingebrochen worden. Ich würde mich wirklich sicherer fühlen, wenn das Schloss rasch getauscht werden könnte. Der Preis ist Nebensache."

Mein Gesprächspartner schweigt, dann ein Räuspern.

„Also gut. Ich verschieb' einen Termin und kann heute gegen 20 Uhr bei Ihnen sein, wenn Ihnen das nicht schon zu spät am Abend ist."

„Nein, nein", antworte ich hastig, „das klingt gut."

Er notiert noch meine Adresse und meine Telefonnummer, dann hängt er mit den Worten „Bis später!" auf. Ein großer Stein fällt mir von Herzen. Manuel wird keine Gelegenheit bekommen, dieses Haus je wieder ohne meine Anwesenheit zu betreten! Nie wieder!

Vielleicht sollte ich diesen Schlüsseldienst-Mann, wenn er hier ist, gleich nach einer Überwachungskamera und einer Alarmanlage fragen. Wir ließen so was nie einbauen. Herbert weigerte sich strikt, diese „freiheitsberaubenden Apparate", wie er sie nannte, ins Haus zu holen.

Ich gehe in mein Arbeitszimmer und studiere meinen Kalender, der seit Herberts Tod völlig brach liegt. Normalerweise unterrichte ich von Montag bis Donnerstag abends jeweils von 19 bis 22 Uhr an der Volkshochschule Französisch. Die Stelle dort bekam ich gleich nach Beendigung meines Studiums. Die Kurse beginnen jeweils Mitte Jänner und dauern bis Mitte Juli. Danach habe ich fast zwei Monate frei. Das ist für mich sehr angenehm. Üblicherweise verbringe ich jedes Jahr fast einen Monat in Frankreich, davon auch viel Zeit in Paris, und im zweiten Monat gebe ich Nachhilfe in Französisch für Oberstufenschüler.

So nebenbei habe ich es tatsächlich geschafft, mein Gehalt mit Gutachten für Versicherungen aufzubessern. Ich werde immer dann gerufen, wenn Kunstwerke geraubt wurden. In erster Linie besteht meine Aufgabe darin, festzustellen, ob es tatsächlich wertvolle Kunstgegenstände waren oder Plagiate. Hauptsächlich beschäftige ich mich in diesem Bereich mit Schmuckstücken und Ziergegenständen. Die mutmaßlich Geschädigten sind in der Regel begüterte Privatpersonen und Sammler.

Auch Herbert fand nach seinem Studium dank der guten Beziehungen seines Vaters rasch eine Anstellung. Er heuerte bei einer namhaften Schweizer Pharmafirma an, die eine Dependance in Wien hat. Da Französisch seine zweite Muttersprache war, wurde er rasch zu jenem Chemiker aufgebaut, der die Kontakte mit den französischen Niederlassungen in Paris und Lyon koordinierte. So pendelte er regelmäßig zwischen diesen drei Städten.

Dagegen hatten wir beide sehr wenig einzuwenden, denn so konnten wir seine Dienstreisen immer wieder mit unseren privaten Trips nach Frankreich verbinden. Durch seine häufigen Aufenthalte in Paris kam es schließlich dazu, dass sein Unternehmen für ihn ein kleines Apartment mietete, das wir jederzeit nutzen konnten. Anfangs tat es mir ein wenig leid. Ich mochte die kleinen Hotels in Paris sehr gerne. Aber es erwies sich als enorm praktisch, weil wir nicht mehr genötigt waren, aus dem Koffer zu leben. Wir richteten uns so weit ein, dass ich nur mit Handtasche und er mit seinem Laptop und den notwendigen Unterlagen für die Arbeit fliegen mussten. Manchmal benutzten wir auch den Nachtzug von Wien nach Paris und retour.

Gedankenverloren blättere ich im Kalender.

Herbert starb am 30. April, also vor über drei Wochen. Ich bat meinen Arbeitgeber, ob ich den ganzen Mai freihaben könne. Klar, es war für das Institut nicht einfach, rasch einen Ersatz zu finden, aber unter diesen Umständen stimmte mein Vorgesetzter zu und organisierte eine Studentin im Endspurt.

Morgen muss ich jedenfalls an der Volkshochschule anrufen und mich zur Arbeit zurückmelden. Ich sichte noch die Unterlagen auf meinem Schreibtisch. Zwei Gutachten sind ebenfalls überfällig. Auch die Versicherung sah es mir nach, dass ich sie nicht zeitgerecht liefern konnte. Die neue Frist endet mit 15. Juni. Ich werde morgen mit der Erstellung beginnen.

Die Kursvorbereitung werde ich heute in Angriff nehmen. Den Dienstag brauche ich für andere Aktivitäten.

Wenn Manuel seinen Arbeitsrhythmus beibehalten hat, wird er morgen zu Hause arbeiten und am Dienstag zum Verlag nach Wien fahren. Um zirka 8 Uhr kommt seine Putzfrau bis etwa 11 Uhr. Er selbst kehrt üblicherweise frühestens um 17 Uhr zurück. Somit habe ich genügend Zeit, um mich in seinem Haus umzusehen. Hoffentlich hat er nicht daran gedacht, sein Türschloss zu tauschen. So wie ich.

XXII

Wie verabredet läutete Herbert pünktlich um 13 Uhr an meiner Wohnungstür. Zuerst erhielt ich einen riesengroßen Strauß rote Rosen. So schöne Blumen hatte mir noch nie jemand geschenkt. Ich fiel ihm an der Tür um den Hals und küsste ihn.

„Komm rein in meine bescheidene Hütte."

Mit meiner freien Hand machte ich eine einladende Geste. Herbert trat ein, und wie ein gut erzogener Junge zog er gleich im Vorhaus seine Schuhe aus. Er schnupperte.

„Hm, das duftet ja köstlich. Lass mich raten. Es muss etwas mit Fisch sein."

„Richtig."

„Etwa in Salzkruste?"

„Spielverderber!"

Ich hatte keine Kosten und Mühen gescheut und ein wunderbares Menü gezaubert. Als Vorspeise gab es gratinierte Jakobsmuscheln, danach einen Wolfsbarsch in Salzkruste, dazu selbst gebackene weiße Brötchen und frische Zitronensauce. Als Nachtisch Mousse au chocolat, aus köstlicher belgischer Schokolade zubereitet.

Herbert genoss dieses Feinschmeckermenü über alle Maßen. Anschließend überschlug er sich fast mit Komplimenten. Ich musste ihn stoppen, was ich gerne mit einem Kuss erledigte.

Vollgegessen zwängten wir uns gemeinsam auf meine kleine Couch, und Herbert erzählte mir von seiner Kindheit. Ich hörte aufmerksam zu, mehr als das, ich genoss einfach seine Anwesenheit und die körperliche Nähe. Leider stellte er gegen 18 Uhr unvermutet und lapidar fest, dass er nun aufbrechen müsse.

„Ach so", sagte ich, ohne meine Enttäuschung zu verbergen. „Ich dachte, du bleibst heute Nacht bei mir."

„Susannchen, ich muss noch packen, aufräumen und meine Pflanzen fit kriegen, damit sie die nächsten Tage ohne liebevolle Pflege überstehen. Außderdem möchte ich morgen schon sehr früh aufbrechen, um dem Weihnachtsverkehr auszuweichen."

„Na gut", raunzte ich unzufrieden.

Er küsste mich auf die Stirn und sagte: „Frohe Weihnachten, Susannchen! Feier schön mit deinen Freundinnen. Wir sehen uns in Wagrain."

Ich zog ihn noch einmal zu mir herunter, als er im Begriff war aufzustehen. Schließlich befreite er sich sanft aus meiner Umklammerung, zog seine Jacke an und warf mir noch einen Kuss zu. Dann hörte ich meine Wohnungstür ins Schloss fallen.

XXIII

Die Weihnachtsfeiertage schienen in diesem Jahr unendlich lang zu sein. So sehr ich Christine und Nathalie und deren Familien mochte und es auch genoss, bei ihnen sein zu dürfen, so langsam vergingen die zwei Tage.

Am Tag der Abfahrt stand ich früher auf als üblich, machte meine obligate Morgenrunde und beeilte mich, meinen Koffer zu packen. Mit Manuel hatte ich vereinbart, dass er mich zu Mittag abholen käme. Tatsächlich läutete es um fünf vor zwölf an meiner Tür. Ich öffnete sie aufgeregt. Davor stand ein junger hübscher Kerl, nicht ganz so groß wie Herbert, aber von sportlicher Statur und vor allem durch und durch gepflegt. „Ich wette, der verbringt mehr Zeit im Badezimmer als ich", dachte ich.

„Manuel?", fragte ich.

Er nickte und streckte mir seine perfekt manikürte Hand entgegen.

„Ja", sagte er mit der erotischsten Stimme, die ich je zu hören bekommen habe. „Du bist Susanne, nicht wahr?"

Auch ich nickte, wenngleich verlegen.

„Freut mich, dich endlich kennenzulernen. Herbert hat mir schon viel von dir erzählt, und er hat wohl untertrieben."

Er lächelte mich außerordentlich charmant an, ohne eine Spur von einem anzüglichen Grinsen. Mir verschlug es fast die Sprache. Galant half er mir in meine Jacke, schnappte meinen Koffer und lud ihn in seinen schicken Sportwagen.

Nachdem wir alles erfolgreich verstaut hatten und startklar waren, hielt er mir die Autotür auf und sagte mit einem Schmunzeln: „Ich werde heute mein Tempo ein wenig drosseln, um meine wertvolle Fracht heil nach Wagrain zu liefern. Wenn du dich nicht wohlfühlen solltest oder einen Zwischenstopp möchtest, bitte mir einfach sagen." So nebenbei fragte er noch: „Welche Musik bevorzugst du?"

Er hantierte bereits an seinem Autoradio.

„Sehr nett von dir. Aber wir hören einfach, was du magst, außer es ist deutsche Schlagermusik, da muss ich wirklich passen." Noch immer war ich von der Aura dieses Mannes betört und nur mit Mühe gelang es mir, sachlich und trotzdem freundlich zu antworten.

„Herz, Schmerz und Schmalzmusik ist nicht deines?", fragte er, ohne Spur von Süffisanz.

„Nein, beim besten Willen nicht."

Schließlich einigten wir uns auf Bob Dylan, denn Spotify machte es möglich.

„Ich habe Wasser mit und ohne Kohlensäure, Cola oder Orangensaft im Auto, falls du etwas trinken möchtest, und ein paar salzige und süße Kekse habe ich auch. Ich wusste nicht, was du bevorzugst."

„Danke vielmals, aber das ist ein Auto und kein Hotel. Ich fühle mich wohl so, wie es ist," gab ich ob der übertriebenen Fürsorge perplex zurück. Das war mir in meinem ganzen Leben noch nicht widerfahren, wie sehr Manuel sich um mein Wohlbefinden bemühte.

„Schön", antwortete er, und es klang ehrlich und zufrieden.

Während der Fahrt plauderten wir in erster Linie über Herbert. Manuel erzählte Geschichten, die sie in ihrer gemeinsamen Schulzeit erlebt und angestellt hatten. Er ließ nicht unerwähnt, dass Herbert mehr als ein Bruder für ihn war. Er selbst sei mit zwei Schwestern gesegnet, obwohl er sich immer einen großen Bruder gewünscht hätte. Als Herbert seinen Entschluss mitteilte, ebenfalls in Wien zu studieren, sei er wirklich glücklich gewesen. Seinen Freund und Bruder im Geiste nah zu wissen, sei ein unbezahlbares Gut.

Während wir plauderten, kamen wir zügig voran. Das Verkehrsaufkommen war bei weitem erträglicher, als ich erwartet hatte. Manuel verriet mir, dass er immer am Stefanitag nach Wagrain fahre, denn tags darauf sei die Hölle auf den Straßen los. Das konnte ich ihm nur glauben, eigene Erfahrungen diesbezüglich fehlten mir gänzlich.

„Man opfert zwar einen Feiertagnachmittag fürs Autofahren, dafür ist es entspannter", stellte er fest.

Nach etwa dreieinhalb Stunden waren wir bei der Ortstafel Wagrain.

„Nun ist es nicht mehr weit", meinte er und ich spürte, wie zunehmend die Vorfreude, Herbert wieder in die Arme zu schließen, von mir Besitz ergriff.

Manuel bog mit dem Wagen links ab und fuhr in Richtung Kleinarl. Bald ging es wieder nach links, und wir folgten einer schmaleren Straße, die langsam zu steigen begann. Es war bereits dämmrig, und die ersten Häuser und Hütten hatten ihre Weihnachtsbeleuchtung angemacht. Besonders viel Schnee lag zwar nicht, aber es

reichte aus, dass ich mich an meine Kindheit zurücker-
innerte. Weihnachten mit Schnee, vielen Lichtern, un-
endliche Vorfreude auf das Christkind. Fast stiegen mir
die Tränen in die Augen. Herrgott, ich war doch kein sen-
timentaler Mensch! Manuel schien zu bemerken, dass
mich die Kulisse rührte.

„Bezaubernd, nicht? Du wirst hier wunderschöne Tage
verbringen, glaube mir."

Wie warm seine Stimme war! Er kannte mich kaum,
und trotzdem sprach er mit mir, als wären wir alte Freunde. Ich mochte Manuel.

„Schau, da vorne, rechts", sagte er und zeigte mit dem
Finger auf eine hübsche Blockhütte. „Da sind wir!"

Herberts Auto stand bereits unter dem Vordach. Mein
Herz tat einen Satz. Kaum dass Manuel den Wagen zum
Stillstand gebracht hatte, riss ich die Türe auf und sprang
hinaus. Herbert stand in der Haustür und breitete seine
Arme aus, um mich zu empfangen.

„Hallöchen, meine Liebste!"

Er küsste und drückte mich, hob mich hoch und wir-
belte mich herum.

„Ist das aber schön, dass du da bist! Ihr hattet eine
gute Fahrt, ja?"

„Ja, alles okay", erwiderte ich lachend.

Manuel war in der Zwischenzeit ebenfalls ausgestie-
gen und gesellte sich zu uns.

„Hallo, mein Freund", sagte er zu Herbert und umarmte ihn ebenfalls. Sie küssten sich auf die Wangen.

Nach unserer überschwänglichen Begrüßung begannen die Herren, das Auto auszuladen. Ich aber wurde
dazu verdonnert, in die Hütte zu gehen und in der Kü-

che die bereitgestellten Champagnergläser mit dem edlen Gesöff zu füllen.

Die Hütte war edel und bestimmt auch teuer ausgestattet. Die Küche, die man über ein geräumiges Vorhaus erreichte, war nicht besonders groß und vollkommen aus Holz gefertigt. Die Elektrogeräte mit Edelstahlrahmen fügten sich makellos in die gediegene Ausstattung. Eine kleine Bar mit drei ledernen Hockern trennte den Kochbereich von der gemütlichen Essecke. Auch diese war zur Gänze aus Holz. Bunte Kissen zierten die Eckbank. Ein schlichter weißer Kamin, mit Sichtfenstern nach zwei Seiten stand mitten im Raum. An der gegenüberliegenden Wand lud eine gemütliche Couch zum Lümmeln ein. Einige Fußhocker standen wahllos herum. Eine doppelflügelige Balkontür führte nach draußen. Es war schon zu finster, um zu erkennen, wie groß der Balkon war, aber ich vermutete, dass er genauso großzügig gestaltet war, wie der Rest des Hauses.

Als die beiden Herren die Koffer in den Zimmern verstaut hatten, gesellten sie sich zu mir. Wir nahmen die Gläser und stießen auf einen schönen gemeinsamen Urlaub an. Herbert setzte, nachdem er einen kräftigen Schluck genommen hatte, sein Glas ab und fragte: „Hunger?"

Manuel und ich verneinten gleichzeitig und mussten lachen.

„Na gut, dann eben später. Komm, Susanne, ich zeige dir schnell unser Feriendomizil."

Er nahm mich an die Hand und führte mich in die einzelnen Räume. Insgesamt gab es drei Schlafzimmer, die jeweils mit einem Doppelbett, Kleiderschrank und einem Schreibtisch ausgestattet waren. Von den Zimmern ging es jeweils direkt in ein Badezimmer mit Dusche, Waschbecken und WC. Jedes Zimmer hatte seine eigene kleine Terrasse. Es war für mich unglaublich, wieviel Geld man haben musste, um sich einen solchen Zweitwohnsitz leisten zu können.

„Komm, ich zeig' dir noch was."

Herbert zog mich mit sich die Stufen hinunter in das untere Geschoß. Mitten in diesem Keller befand sich eine riesige Sauna, aus den hell verfliesten Wänden lugten drei blitzblanke Duschköpfe hervor. Staunend schlenderte ich weiter und kam vor einem gemütlich wirkenden Arrangement aus Sofas und Sesseln zu stehen. Drei kleine Beistelltischchen standen daneben, sie dienten wohl, zum Abstellen von Gläsern und Schalen. Hinter einem Paravent versteckte sich eine kleine Küche mit Kühlschrank, Spüle sowie ein Schrank mit Gläsern und Schalen. Staunend steuerte ich auf eine riesige Glastüre zu. Sie führte nach draußen auf eine großangelegte mit Granitplatten gepflasterte Terrasse. Ein überdimensional großer Whirlpool, der gerade abwechselnd in Grün, Blau und Rot leuchtete, lud zum Plantschen ein.

„Wahnsinn, wie cool ist denn das!", entfuhr es mir.

Herbert legte seine Hand um meine Schulter und zog mich sanft an sich heran.

„Gefällt es dir hier?"

„Na, sag mal, das ist ja besser als in jedem Wellnesshotel."

„Ja, nicht wahr?" Er schien stolz darauf zu sein, mir dieses Anwesen zu zeigen. „Ich muss dich aber warnen, es ist kein Hotel", fügte er mit einem charmanten Grinsen hinzu. „Wir müssen selber kochen oder essen gehen, und es räumt auch keiner hier auf, solange wir da sind."

„Das kriegen wir hin", meinte ich lachend und umarmte ihn.

Als wir mit der Hüttenführung fertig waren, verkündete mein Magen, dass er über etwas Essbares doch recht dankbar wäre. Er knurrte unaufhörlich.

„Hast du nicht vorhin gemeint, es gäbe etwas zu essen?", fragte ich ganz unverblümt, während ich die Eindrücke noch verarbeitete.

„Ah ja? Nun ist der Hunger auch bei dir angekommen? Sehr gut, denn ich habe mit dem Essen auf euch gewartet. Leute, ich habe etwas Delikates für heute. Wer mag keinen Lachs?"

Manuel und ich grinsten uns an, gaben aber keinen Ton von uns. Die Botschaft war bei Herbert angekommen.„Na dann. Wer hilft mir beim Anrichten?"

Ich meldete mich freiwillig, während Manuel meinte, er fühle sich für das Aufdecken zuständig und übernähme nach dem Mahl das Abräumen. Dieses Angebot konnten Herbert und ich keinesfalls ausschlagen.

Wir tafelten exzellent. Herbert hatte, so sein O-Ton, den besten Lachs, den man für Geld kriegte, gekauft. Dazu gab es hausgemachten Sahnekren und Dillsenf, Toastbrot vom Bäcker und als Krönung Beluga-Kaviar, dazu standesgemäß Champagner. Ich konnte mich nicht entsinnen, je so etwas Teures und Köstliches gegessen zu haben. Nach dem Essen gruppierten wir uns um den Kamin und der Abend wurde ungeheuer vergnüglich. Herbert und Manuel wechselten sich im Erzählen lustiger gemeinsamer Erlebnisse ab, und ich lachte so viel wie schon lange nicht mehr. Gegen Mitternacht waren die Herren leicht beschwipst und ich müde von der Anreise und dem opulenten Abendessen. Manuel hielt Wort. Er scheuchte uns aus der Küche und erledigte das Wegräumen. Nach einer Katzenwäsche fiel ich wie ein Stein ins Bett. Herbert kam zu mir angekrochen. Wie hätte ich je widerstehen können! Glücklich schlief ich gegen zwei Uhr morgens ein und war durch nichts mehr zu wecken.

XXIV

Fast pünktlich um acht Uhr läutet es an der Tür, und ein Mann in einem roten Overall mit der Aufschrift „Ich knacke jedes Schloss" steht davor.

„Guten Abend, Sie wollen Schlösser getauscht haben?", fragt er mit tiefer Bassstimme.

„Ja, genau."

Er bietet mir zwei, drei verschiedene Modelle an, und schließlich entscheide ich mich für eine Variante, mit der ich die Tür wahlweise mit einem Schlüssel oder mit meinem Fingerprint öffnen kann. Er erklärt mir, dass die Fingerprint-Variante erst in den folgenden zwei Wochen in Betrieb genommen werden könne, weil er dazu noch eine eigene Anbindung benötige.

„Kein Problem", meine ich, wichtig ist mir nur, dass der Schlüssel, den Manuel hat, auf keinen Fall mehr sperrt.

Während der Handwerker seine Arbeit verrichtet, verziehe ich mich in mein Arbeitszimmer und stelle einen Plan auf. Morgen werde ich auf jeden Fall die Vorbereitungen für meine Kurse erledigen und mit dem Gutachten beginnen. Den Dienstagmorgen werde ich endlich nutzen, um die Kondolenzschreiben zu beantworten. Danach plane ich, meine ersten Recherchen in Manuels Haus zu tätigen.

Nach etwa zwei Stunden ist der Mann vom Schlüsseldienst fertig. Ich unterschreibe den Lieferschein, dann verschwindet er. Müde verziehe ich mich ins Bett.

XXV

Nach einer erholsamen Nacht wachte ich auf und musste mich erst orientieren. Ach ja, ich war in Wagrain auf einer Hütte. Mit einem Lächeln drehte ich mich genussvoll auf die Seite und tastete nach Herbert. Das Bett neben mir war leer und kalt. Na so was! Er war doch der Langschläfer von uns! Ich räkelte mich genüsslich und stand schließlich auf. Leise schlich ich in die Küche. Sie war leer. Gerade als ich mich anschickte, in das Untergeschoss zu gehen, um nachzusehen, wo denn mein Liebster verblieben war, ging die Tür zum Zimmer von Manuel auf, und Herbert kam, in einen flauschigen grauen Bademantel gehüllt, heraus.

„Nanu, was machst denn du da?", fragte er mich mit überraschtem Blick.

„Ich suche nach dir", gab ich ebenso erstaunt zurück.

„Da bin ich in meiner ganzen Pracht."

Lächelnd breitete er demonstrativ seine Arme aus.

„Ja, schon."

Ich war ein wenig verlegen.

„In Manuels Zimmer hätte ich nicht nach dir gesucht."

„Liebes, ich wollte dich nicht wecken und hab' nur nachgesehen, ob Manuel mir beim Frühstück Gesellschaft leisten möchte. Aber der schläft auch noch wie ein Stein." Gab er jovial und ohne Anflug von Peinlichkeit zurück.

„Bist du schon lange auf? Deine Bettseite war ja schon ganz kalt", fragte ich etwas enttäuscht, denn gerne ich mich vor dem Aufstehen noch zu ihm gekuschelt.

„Ich bin schon seit einer Stunde munter und war schon im Whirlpool."

„Aha", antwortete ich lapidar.

Er nahm mich in die Arme und küsste mich.

„Das klingt ja fast wie ein Verhör", flüsterte er mir ins Ohr.

„Tut mir leid", gab ich schuldbewusst zurück, „ich wollte nur neben dir aufwachen."

„Schon gut. Du wirst noch oft neben mir aufwachen," dabei grinste er mich schelmich an, „Komm, wir machen Frühstück. Was möchtest du?"

Nach einer kurzen Nachdenkpause, wonach mir mein Sinn stand, entschied ich mich für Joghurt mit Müsli sowie einen guten Cappuccino. Auf mein Morgenritual verzichtete ich ausnahmsweise. Gegen zehn erschien auch Manuel. Gähnend schlurfte er zur Türe herein. Er schien vergessen zu haben, dass auch eine Frau im Hause war und trabte nur mit bunten Boxershorts bekleidet in die Küche. Mann, sah der gut aus! Herbert spürte offenbar meinen bewundernden Blick und sagte grinsend zu mir: „Na, bei diesem Body kann man schwach werden, nicht wahr?"

Ich gab ihm einen Schubs in seine Rippen.

„Dich habe ich zuerst kennengelernt. So schnell wechsle ich meine Freunde nicht." Und zu Manuel gewandt: „Sorry, noch bin ich immun. Du bist mir nicht böse, oder?" Ich zwinkerte ihm zu.

Er brummte irgendwas Unverständliches wie: „Kein Problem, ich stehe nicht auf die Freundinnen meines

Freundes." Dann drehte er sich um und verschwand wieder in seinem Zimmer.

„Nun?", meinte Herbert. „Gehen wir Ski fahren?"

Es war ein herrlich schöner Wintertag. Die Sonne strahlte vom tiefblauen Himmel. Nicht ein einziges Wölkchen war am Horizont zu sehen.

„Na ja. Ich kann es versuchen."

Zuerst musterten wir die Skikleidung seiner Mutter, und ich probierte die Teile an. Sie waren allesamt sehr schick und trotdem zeitlos. Sie passten mir wie angegossen. Nachdem auch Herbert sich ins Skioutfit geworfen hatte, gingen wir in den Keller, wo sich der hauseigene Skistall befand. Selbst die Skischuhe und die Skier schienen wie für mich gekauft zu sein.

„Wir brauchen gar nichts auszuborgen. Echt Hammer." Herbert freute sich sichtlich, dass er meine Größe richtig geschätzt hatte.

Manuel war inzwischen ebenfalls startklar und hatte sein Snowboard unter die Arme geklemmt.

„Mädels, Jungs! Wir sehen uns am Abend! Tschüs euch und schönen Tag."

Und weg war er. Herbert und ich gingen es gemütlicher an. Zur Talstation der Gondelbahn waren es von der Hütte gerade mal 200 Meter. Wir trugen unsere Skier zur Bahn, und Herbert stellte sich am Ende einer langen Schlange an, um eine Tageskarte für mich zu kaufen. Er selbst hatte, wie er mir bereits erzählt hatte, für diese Region immer eine Saisonkarte. Ich war nervös. Nach fast zwanzig Jahren wieder auf den Brettern zu stehen, war nicht ganz ohne. Blamieren wollte ich mich aber auf keinen Fall.

Endlich hatten wir es geschafft, uns in eine Gondel zu quetschen. Die Ferien, das traumhafte Wetter und die optimalen Schneeverhältnisse luden massenweise Leute ein, den herrlichen Tag auf der Piste oder auf eine der urigen Hütten zu verbringen. Oben auf dem Berg angekommen, schnallte ich mir die Bretter an. Es war ein komisches Gefühl mit diesen Dingern an den Füßen. Zaghaft versuchte ich die ersten Schritte. War gar nicht so schlimm. Scheinbar machte es sich bezahlt, dass ich in den letzten Wintern recht häufig mit Christine zum Eislaufen war! Ich richtete mir Brille, Handschuhe und Stöcke und fuhr langsam hinter Herbert her, anfänglich mit weichen Knien und hochkonzentriert.

„Komm, das machst du gut!"

Es dauerte nicht lange, und ich fühlte mich überraschend wohl.

„Susanne, du bist ein Naturtalent!", rief Herbert mir zu, und ich strahlte über beide Ohren.

Mein tägliches Training schien ebenfalls die Wirkung nicht zu verfehlen. Meine Kondition war so gut, dass ich bis zum Nachmittag ohne Probleme mithalten konnte. Gegen drei Uhr meinte Herbert: „Hüttensitzen, nach Hause oder noch fahren? Du bist echt klasse!"

Ich entschied mit für „nach Hause".

„Für den Anfang reicht es, denke ich. Es war super!" rief ich ihm überglücklich zu.

Dankbar drückte ich ihm einen Schmatz auf die Wange, und wir nahmen die letzte Abfahrt für diesen Tag in Angriff, die uns direkt zur Hütte führte.

Eine halbe Stunde später trudelte auch Manuel ein. Er gesellte sich zu uns in die Sauna, und danach ging es zu dritt mit einer Flasche Champagner in den Whirlpool.

„So, Freunde, was machen wir mit dem angebrochenen Abend? Wollt ihr essen gehen oder kochen wir selbst?", fragte Herbert, während wir unsere Rücken von den angenehmen Wasserstrahlen massieren ließen.

Es wurde nicht lange diskutiert, und wir entschieden uns für einen gemütlichen Abend zu Hause mit Spaghetti und Salat.

Nach dem Essen überfiel mich eine angenehme Müdigkeit, und ich verzog mich mit einem Buch ins Bett. Die beiden Herren beschlossen, den Tag bei einer Schachpartie ausklingen zu lassen. Eine Stunde später kroch Herbert zu mir unter die Decke.

Als ich am nächsten Morgen aufwachte, war das Bett neben mir schon wieder leer. Na so was! Herbert entpuppte sich als Frühaufsteher!

Ein verführerischer Kaffeeduft lag in der Luft. Als ich aus dem Bett steigen wollte, merkte ich, dass Skifahren Muskelpartien beanspruchte, die ich selten gebrauchte. Ein ziehender Schmerz breitete sich in beiden Oberschenkeln aus. Bedächtig, um dieses unangenehme Gefühl im Zaum zu halten, kroch ich aus dem Bett. Ich streifte mir den Bademantel über und ging langsamen Schrittes in die Küche.

„Guten Morgen!" Schon an meiner Stimme musste man erkennen, dass der Morgen nur halb so gut war, wie jener tags zuvor.

Herbert kam auf mich zu und küsste mich.

„Na, wie geht's uns denn heute?", fragte er mit einem hinterlistigen Grinsen im Gesicht.

„Na, so la, la. Meine Oberschenkel hatten schon bessere Tage", antwortete ich mit dem obligaten Griff auf meine Beine, um meine Worte zu unterstreichen.

Er lachte und hob mich hoch.

„Hast du vielleicht einen Muskelkater?"

Manuel saß auch schon am Frühstückstisch und lächelte mich halb belustigt bis mitleidig an.

„Ja. Bitte, lass mich los! Du hättest mich vorwarnen können!", antwortete ich gespielt vorwurfsvoll.

Ich ließ mich auf den nächstbesten Sessel mit einem unüberhörbaren Seufzer nieder.

„Wirst sehen, wenn du heute wieder Ski fahren gehst, dann bist du morgen quasi schmerzfrei."

„Na sicher!"

Das glaubte ich ihm bestimmt!

Herbert servierte mir einen Kaffee und fragte: „Was möchte Madame zum Frühstück?"

Erst jetzt merkte ich, dass ich richtig hungrig war, und die Uhr verriet mir, dass es fast Zeit zum Mittagessen war. Nach einigen Vorschlägen, was er mir kredenzen könnte, entschied ich mich für Spiegeleier, Speck und Vollkornbrot und ließ mich von meinem Liebsten bedienen.

Frisch gestärkt beschloss ich, Herbert und Manuel doch auf die Piste zu begleiten. Das Wetter lud zum Outdoor-Sport ein. Es wurde ein wunderbarer und amüsanter Nachmittag.

Als es dämmerte, kehrten wir zum Après-Ski auf einen Sundowner ein. Herbert traf in der Schneebar einige

Bekannte und stellte mich vor. Manuel hingegen verabschiedete sich nach einem Glas frühzeitig und wünschte uns einen schönen Abend.

„Wo geht er hin?", fragte ich verwundert.

„Ach, weißt du, Wagrain ist auch für ihn fast wie ein zweites Zuhause. Er kennt viele Leute hier und geht bestimmt mit Bekannten zum Abendessen Apropos, sollen wir heute wieder kochen, oder darf ich dich zum Essen einladen?"

Hm? Klar klang Essenseinladung super, aber die Hütte, den Whirlpool und die Sauna nur für uns zwei zu haben, erschien mir verlockender.

„Whirl, Sauna, schnelle Küche?", fragte ich und sah ihn fast bettelnd an.

Herbert grinste verheissungsvoll, küsste mich und nickte.

Wir verbrachten einen wunderbaren Abend. Selig fiel ich irgendwann in einen herrlich entspannenden und traumlosen Schlaf.

Mitten in dieser Nacht wurde ich durch eindeutiges Stöhnen geweckt. Zuerst musste ich mich orientieren, dann lächelte ich im Halbschlaf. Manuel war wohl nicht allein nach Hause gekommen. Genüsslich drehte ich mich um und wollte mich zu Herbert kuscheln. Doch das Bett war leer. Ach ja, er sagte mir doch, dass er für seine Diplomprüfung auch in den Ferien noch arbeiten müsse. „So ein Streber", dachte ich, zog mir die Decke bis zum Kinn und schlief weiter.

Auch am nächsten Morgen hatte ich Mühe, aus dem Bett zu kommen, wobei mein Muskelkater tatsächlich nachzulassen schien. Mit bleiernen Beinen schlurfte ich in die Küche, wo mir beim Hineingehen schon das Wasser im Mund zusammenlief. Es roch nach frischen Brötchen und Kaffee. Beide Männer saßen schon am Tisch. Ich gähnte, streckte mich und brachte ein „Wunderschönen Morgen, meine Lieben" über die Lippen.

Herbert bewirtete mich mit Liebe und Geduld.

„Gut geschlafen, Prinzessin?", fragte er und fuhr mir sanft durch meine noch wirren Haare.

„Ja, schon. Aber du sollst mich während der Nacht nicht verlassen. Was ist, wenn der böse Wolf kommt und mich fressen will?", fragte ich scherzhaft, und zu Manuel gewandt: „Na, schläft deine Begleitung noch?"

Herbert schaute mich mit großen Augen an.

Manuel blickte verlegen zu Boden.

Eine peinliche Stille trat ein.

„Also", stammelte Manuel schließlich, „die musste schon früh weg."

„Entschuldige, geht mich nichts an", sagte ich halb laut und mit vollem Mund, „schon vergessen."

Trotzdem war die Stimmung umgeschlagen, als ob ich ein Tabu gebrochen hätte. Vielleicht schämte Manuel sich für seinen One-Night-Stand. Ich hätte meine Klappe halten sollen. Schnell versuchte ich, das Thema zu wechseln.

„Wie sieht es mit euch Sportskanonen aus? Wann geht es auf die Piste?" fragte ich und klatschte dabei wie ein Kleinkind in die Hände.

„Jederzeit", antworteten beide wie aus der Pistole geschossen und das Eis schien wieder gebrochen.

Die nächsten Tage verflogen rasend schnell. Zu Silvester waren wir drei zu einer Party bei Herberts Bekannten eingeladen, ein unterhaltsamer Abend mit netten Leuten. Das Buffet war üppig und von überwältigender Qualität. Der Caterer hatte sich ins Zeug gelegt und der Gastgeber keine Kosten gescheut, um seine Gäste kulinarisch zu verwöhnen. Um Mitternacht zog Herbert mich dicht an sich, und wir tanzten Walzer zu „An der schönen blauen Donau". Er küsste mich ausdauernd und meinte: „Susanne, ich glaube, ich habe in dir die Frau meines Lebens gefunden."

Meine Knie gaben nach und ich meine in seinen Armen zu versinken. So musste Aschenputtel sich gefühlt haben, als der Prinz ihr den Schuh brachte.

XXVI

Heute erwache ich zwei Stunden bevor mein Wecker läutet. Noch ist es draußen stockfinster, und ich bin nicht sicher, ob ein fremdartiges Geräusch mich aus dem Schlaf gerissen hat. Vorsichtig setze ich mich im Bett auf und lausche angespannt. Mein Herz pocht wild. Höre ich etwas Ungewöhnliches? Ich spitze die Ohren. Nein. Außer dem leichten Rauschen in den Heizkörpern ist es totenstill.

Da! Noch mal! Knarrt der Holzboden in der Diele, oder bilde ich mir das bloß ein? Langsam lege ich mich auf den Rücken und greife mit meiner rechten Hand zu meiner Nachttischlade. Nahezu geräuschlos ziehe ich sie auf. Seit Herberts Tod bewahre ich dort einen kleinkalibrigen Revolver auf. Er ist geladen. Nathalie hat ihn mir gegeben, zu meinem Schutz. Zuerst fand ich die Idee albern, immerhin bin ich noch immer im Karatetraining, und außerdem besitze ich keine Waffenkarte.

Langsam ziehe ich das kalte Metall heraus und schäle mich möglichst lautlos aus meinem Bett. Mit der Waffe im Anschlag schleiche ich zur Schlafzimmertür und öffne sie mit einem Ruck.

„Halt!", rufe ich.

Gleichzeitig schaltet sich das Licht im Flur durch den Bewegungsmelder ein. Niemand ist da. Nichts Außergewöhnliches ist zu sehen. Meine Nerven! Sie spielen mir seit Herberts Tod böse Streiche. Verschwitzt und verängstigt schleppe ich mich zurück ins Schlafzimmer und verkrieche mich zwischen den Decken. Ich ziehe mir das Kissen über den Kopf. Wann wird dieser Albtraum enden? An Schlaf ist jetzt nicht mehr zu denken. Ich lasse Manuels Auftritt Revue passieren.

„Was genau will Manuel von mir?", frage ich mich unentwegt. „Was kann er wissen?" rätsle ich.

Seit Herberts Beerdigung haben wir außer bei seinem ungebetenen Kurzbesuch nicht mehr miteinander geredet. Soll ich das Gespräch mit ihm suchen? Ich schaudere. Die Szene am offenen Grab war unerträglich für mich. Wieder beginne ich zu zittern, als ich daran denke.

Eine unendlich lange Schlange von Menschen defilierte, wünschte mir Beileid und versprach Beistand und Hilfe. Ich empfing viele tröstende Worte und ebenso viele mitleidige Blicke. Manuel hatte sich in der Reihe als Letzter eingeordnet. Als er bei mir angekommen war, packte er mich mit seinen Händen an den Schultern, und ich erwartete, dass er mich nun auf die Wange küssen und festhalten würde. Stattdessen legte er seinen Mund ganz dicht an mein Ohr und flüsterte: „Du hast die Gene einer Mörderin. Wer wird dein drittes Opfer sein?"

Dann gab er mir den erwarteten Kuss, ließ mich stehen und ging. Ich schwankte. Nathalie und Christine stützten mich, damit ich nicht rücklings ins offene Grab stürzte. Meine Ohren sausten. Wie ein Fisch schnappte ich nach Luft.

„Nach Hause", stieß ich gerade noch hervor.

XXVII

Am 3. Jänner mussten wir unsere Zelte in Wagrain abbrechen und zurück nach Wien. Dort holte mich der Alltag rasch wieder ein. An meinen alten Rhythmus musste ich mich erst gewöhnen. Aufstehen um 6 Uhr, Sport, Frühstück, lernen, Uni und Nachhilfestunden in Französisch geben.

Drei Tage später flog Herbert zurück nach Brüssel. Ich bot ihm an, seine Pflanzen während seiner Abwesenheit zu gießen und in der Wohnung nach dem Rechten zu sehen. Er lehnte dankend ab. Manuel war für diese Dinge bereits engagiert und damit vertraut. Ein klein wenig war ich darüber enttäuscht, aber im Grunde hatte ich genug mit meinen eigenen Abschlussarbeiten zu tun.

Die Zeit verrann, und ich blickte meiner Diplomprüfung entgegen. Nebenbei schrieb ich bereits Bewerbungen an alle mir interessant erscheinenden Institutionen und Firmen. Nach der Beendigung meines Studiums wollte ich ehestmöglich eine Anstellung haben.

Mitte Februar kehrte Herbert endgültig nach Wien zurück. Er stattete mir einen Besuch ab und blieb über Nacht. Tags darauf fuhr er zu seinen Eltern und nochmals zum Skifahren nach Wagrain. Er versuchte mich zu überreden mitzukommen, doch diesmal musste ich schweren Herzens dankend ablehnen. Die Prüfungen standen buchstäblich vor der Tür, und ich hatte bereits ein paar Einladungen zum Bewerbungsgespräch, die ich auf keinen Fall sausen lassen wollte. Manuel begleitete ihn.

Als die beiden braungebrannt und gut erholt nach Wien zurückkehrten, konnte ich Herbert stolz berichten, dass ich bereits eine Anstellung an der Volkshochschule zugesagt bekommen hatte. Er freute sich für mich, und wir feierten unser Wiedersehen sowie meinen baldigen Start in das Berufsleben ausgiebig. Meine Diplomprüfung war nur mehr reine Formsache.

Das Leben schien es endlich richtig gut mit mir zu meinen. Auch Herbert wollte nun rasch in seinem Studium vorankommen und ein baldiges Ende erreichen. Wir vereinbarten, dass wir uns nur an Mittwochnachmittagen und an den Wochenenden trafen. Ich hatte genug zu tun, mich in meinem Job einzuleben, und weil ich abends Kurse abhielt, war Ausgehen ohnehin keine Option in dieser Zeit.

Lediglich die Osterferien hielt Herbert sich lernfrei, um vor dem nahenden Ende der Skisaison noch ein paar Schwünge in den Schnee zu setzen. Wiederum ließ ich ihn alleine ziehen, meine Wohnung benötigte dringend einen neuen Anstrich und den obligatorischen alljährlichen Osterputz.

Für die Feiertage allerdings lud er mich schließlich in sein Elternhaus in die Steiermark ein. Mich etwas mulmig fühlend, nahm ich die Einladung auf sein Drängen hin an. Manuel bot sich am Karfreitag wieder als mein Chauffeur an.

Während der Fahrt knetete ich nervös meine Finger. Es war das erste Mal in meinem Leben, dass ein Freund mich seinen Eltern vorstellte. Eigentlich war es das erste Mal, dass ich überhaupt eine ernsthafte Beziehung zu einem Mann pflegte. Herbert hatte mir seine Eltern schon sehr genau beschrieben und mich im Vorfeld versucht zu beruhigen. Er meinte, sein alter Herr, wie er seinen Vater manchmal nannte, werde mich mögen. Er war überzeugt, dass ich mich auch mit seiner Mutter gut verstehen würde. Sie sei zwar manchmal eigenartig, Künstlerin eben, aber eine Person mit viel Empathie und Herzenswärme.

Manuel und ich sprachen auf den ersten Kilometern nicht viel. Er meinte nur, dass Herberts Eltern wirklich sehr nette Leute seien und er sie gerne möge. In seiner Kindheit war er oft im Haus der Marisoner gewesen. Vor allem zu der Zeit als seine eigenen Eltern unentwegt stritten, sei er oft dorthin geflüchtet. Bei allem Respekt und aller Wertschätzung hätten sie seiner Meinung nach nur ein Manko: Sie seien in mancherlei Hinsicht sehr konservativ.

„In welcher denn genau?", fragte ich neugierig. „Ich mag zu meinem Einstand nicht unbedingt in ein Fettnäpfchen treten."

„Sie sind sehr traditionsbewusst. Das heißt in so einem kleinen Ort, dass man bei allen Ortsfestivitäten dabei ist, und dass man sich regelmäßig in der Kirche blicken lässt. Man ist verheiratet, hat Kinder und nach Möglichkeit geht die Frau keiner Arbeit nach, sondern versorgt Mann, den Nachwuchs, Haus und Garten."

Ich verdrehte die Augen. Das war nicht gerade die Vorstellung meiner eigenen Zukunft, aber ich schätzte Herbert ein, dass er nicht auf solch eine kleinbürgerliche Idylle setzte. Andererseits wollte ich auch in keine Falle laufen.

„Aha. Und auf was genau muss ich da aufpassen?"

„Du? Auf gar nichts. Kann nur sein, dass Herberts Vater schon an Enkelkinder und Heirat denkt."

Manuels belustigter Gesichtsausdruck entging mir keineswegs.

„Ach, du meine Güte!", entfuhr es mir.

Nicht, dass ich den Gedanken schrecklich gefunden hätte, Herbert zu heiraten und Familie zu haben. Für meinen Geschmack wäre das jedoch sehr früh gewesen und als Heimchen am Herd mochte ich keineswegs enden, Manuel lächelte.

„Wird schon nicht so schlimm werden. Aber ich glaube, du bist die erste Freundin, die Herbert seinen Eltern überhaupt vorstellt.", sagte er mit ernsterer Miene als zuvor.

„Hatte er denn so viele?", fragte ich.

Jetzt wurde das Gespräch für mich spannend. Herbert hatte bis dato noch nie über eine Ex-Freundin mit mir gesprochen. Als ob er vor mir kein Sexualleben gehabt hätte.

„Ehrlich gestanden weiß ich das auch nicht so genau.", wich er mir gekonnt aus.

„Komm schon, Manuel. Ihr seid ja fast wie siamesische Zwillinge. Du weißt bestimmt über jede einzelne Verflossene Bescheid."

Ich sah ihn treuherzig von der Seite an.

„Du wirst es kaum glauben, Susanne. Er ist kein Schürzenjäger oder Frauenheld. So manche Eintagsfliege wird schon dabei gewesen sein, aber dass es ernst war, habe ich nie bemerkt. Ich glaube, du kannst stolz sein. Du bist die erste richtige Freundin, die er hat."

Ich errötete. Das war nicht nur großartig, das war ein Lottosechser!

„Und du?"

Manuel zog eine rote Farbe im Gesicht auf, die ich noch nie zuvor gesehen hatte.

„Ich, na ja. Mir war es noch nicht vergönnt, jemanden zu finden, der mir passt."

Sollte ich ihn nochmals an Wagrain erinnern? Nein, das wäre geschmacklos gewesen, und es ging mich wirklich nichts an. Es wäre schön gewesen, wenn auch er das Glück seines Lebens fände und wir zu viert etwas hätten unternehmen können. Mir fiel ein, dass Christine ihn mögen würde. Sie war gerade solo, und als ich ihr ein Foto von Manuel gezeigt hatte, war sie ganz aus dem Häuschen.

„Der schaut ja noch besser aus als dein Herbert! Kannst du es nicht einfädeln, dass ich ihn vernaschen kann?", hatte sie mich gefragt und sich dabei lüstern die Lippen geleckt.

Unwillkürlich musste ich bei diesen Gedanken lächeln.

„Lachst du mich etwa aus?", fragte Manuel irritiert.

„Nein. Sorry. Ich musste nur an eine Freundin denken. Die wäre was für dich. Attraktiv, unternehmungslustig, intelligent, sportlich."

„Nein, bitte nicht!", winkte er lachend ab. „Ich möchte nicht verkuppelt werden."

„Schon gut, es wird aber kaum ausbleiben, dass du sie einmal kennenlernst.", hakte ich nach. Die Vorstellung, dass Christine und Manuel ein Paar wären, gefiel mir außerordentlich gut.

Endlich waren wir in der kleinen Stadt in der Obersteiermark angekommen. Aufgrund des starken Osterreiseverkehrs war die Fahrt länger und anstrengender gewesen als geplant. Schließlich lenkte Manuel das Fahrzeug in eine kleine Privatstraße, die eine Sackgasse bildete. Links und rechts der Straße standen meterhohe Kirschlorbeersträucher, und wir fuhren direkt auf ein großes Tor aus Schmiedeeisen zu. Es öffnete sich automatisch. „Herrje", dachte ich, „das sieht ja richtig schlossartig aus!" Diese Art von Häusern mochte ich grundsätzlich nicht, ich fand sie protzig und unpassend für die meisten Gegenden in Österreich.

Aus dem Haustor trat Herbert. Er war wie ein englischer Gentleman gekleidet. So hatte ich ihn noch nie zuvor gesehen! In meinen Jeans und meinem roten Wollpullover kam ich mir nun fast schäbig vor. Hoffentlich hatte niemand erwartet, dass ich in einem Business-Hosenanzug oder einem Dirndlkleid hier antanzte.

Herbert kam mir mit ausgebreiteten Armen entgegen.

„Susanne! Ich freue mich so, dass du da bist."

Er drückte und küsste mich, als ob wir uns seit Monaten nicht gesehen hätten. Es war mir peinlich, denn ich wusste nicht, ob jemand hinter einem Fenster stand und die Szenerie beobachtete. Manuel half, das Gepäck aus dem Auto zu laden und stellte meinen Koffer neben die Eingangstür.

„Ciao, Herbert! Ich muss los. Bin schon spät dran. Wir sehen uns morgen beim Osterfeuer?"

„Ja. Schöne Grüße an deinen Vater!", rief Herbert ihm zu, und Manuel düste mit seinem Sportwagen davon.

„Komm, Liebes. Ich stelle dir meine Eltern vor. Mama hat auch einen schmackhaften Begrüßungsdrink vorbereitet. Alles ohne Alkohol. Heute ist Karfreitag, Fasttag eben."

Für mich war das alles andere als eine Strafe.

Herbert legte seinen Arm um meine Schulter, nahm meinen Koffer in die andere Hand, und wir betraten das Haus. Schon beim ersten Anblick blieb mir der Mund offen stehen. Die Eingangshalle war mit weißem Marmor ausgekleidet, und in der Mitte stand ein großer Glastisch, darauf eine überdimensionale Vase. Darüber hing ein großer Kronleuchter, der im Sonnenlicht, in allen Farben schillerte. Links und rechts von diesem halbrunden Foyer führten hohe weiße Holztüren in andere Räume. Gegenüber konnte man durch eine dreiflügelige Glastür in den Garten sehen. Über eine große Wendeltreppe kam man in das Obergeschoss, das wie eine Galerie gestaltet war.

„Wow", brachte ich hervor und kam vom Staunen nicht mehr raus.

„Gefällt es dir?", fragte Herbert.

„Ja, schon."

Ich war tief beeindruckt, „gefallen" war jedoch zu viel erwartet.

„Das Haus hat mein Großvater vor vierzig Jahren gebaut. Es wurde nie wirklich viel verändert, ausgenommen der Haustechnik, die der Jetztzeit angepasst wurde. Opa war ein angesehener Rechtsanwalt in dieser Region, wie schon sein Vater davor. Nach seinem tragischen Tod sind meine Eltern in das Haus gezogen. Meine Oma bewohnte im ersten Stock ein Zimmer, bis sie starb."

„Wieso tragisch?", fragte ich, während ich die an den Wänden hängende Ahnengalerie mit Ehrfurcht betrachtete.

„Er löste beim Skitourengehen eine Schneebrett aus, das ihn und zwei seiner Freunde unter sich begrub. Da war er fünfundvierzig Jahre alt."

„Das tut mir leid."

„Muss es nicht. Ich kannte ihn selbst nicht mehr, nur aus Erzählungen. Er muss aber ein sehr honoriger Herr gewesen sein. Jeder im Ort spricht heute noch mit großem Respekt von ihm."

Inzwischen tänzelte eine sehr hübsche, schlanke und groß gewachsene Frau um die fünfzig die Treppe herunter.

„Ma chère. Je suis très heurese!", tönte es durch die Halle.

Herberts Mutter kam auf mich zu, nahm mich in die Arme und küsste mich links, rechts, links.

„Ich freue mich so, endlich Herberts Freundin kennenzulernen. Er hat mir schon so viel von dir erzählt. Ich darf doch Du sagen. Ich bin Julienne."

Sie streckte mir ihre Hand entgegen.

„Ja, selbstverständlich, danke. Angenehm, Susanne."

Sie redete wie ein Wasserfall auf mich ein und überschüttete mich mit Fragen und Nettigkeiten. Herbert versuchte den Überschwang seiner Mutter zu stoppen.

„Maman, genug, genug. Susanne ist über die ganzen Osterfeiertage hier. Du hast ausreichend Zeit, alle Fragen anzubringen."

„Excuse moi, chérie. Ja, du hast recht. Zeigst du Susanne das Zimmer? Ich habe einen Begrüßungscocktail vorbereitet. Wir treffen uns im Salon."

Aha, Salon. Wir nannten diesen Raum wahrscheinlich Wohnzimmer.

Herbert und ich gingen in das Obergeschoss. Sein
Zimmer lag am Ende der Galerie. Ich hatte ein pompöses
Zimmer mit Stilmöbeln und viel Stoff erwartet, stattdessen stand ich in einem sehr spartanisch, aber überaus
geschmackvoll eingerichteten Raum. Ein riesiges Bett
mit zwei angebauten Nachtschränken stand in der Mitte, die Wände waren verbaut und dienten offenbar als
dezenten Stauraum. Zwei Türen, führten in ein Arbeitszimmer und in ein großzügiges Badezimmer mit WC.

„Wer lebt denn außer deinen Eltern noch hier im
Haus?", fragte ich.

Es überstieg meine Vorstellungskraft, dass man so
einen riesigen Tempel zu zweit bewohnte.

„Niemand. Nein, stimmt nicht ganz. Ab und zu bin
ich hier, und es kommen doch sehr oft unsere Verwand-
ten aus Italien und Frankreich zu Besuch", erklärte er
mir, während er mein Gepäck auf eine dafür vorgesehe-
ne Ablage hievte.

Nachdem ich mich von meinen Eindrücken erholt
hatte, gingen wir in den Salon. Dort wartete Herberts
Mutter bereits mit den Getränken. Ein beleibter Mann
um die sechzig saß auf einem der Sofas und blätterte
in einer Zeitschrift. Als wir eintraten, sprang er für seinen Umfang und sein Alter behände auf und kam uns
entgegen.

„Liebe Susanne, ich darf Sie doch so nennen?" Ohne
meine Antwort abzuwarten, fuhr er fort: „Es ist mir eine
außerordentliche Freude, die Freundin meines Sohnes in
diesem Hause willkommen zu heißen. Es ist ein histo-

rischer Moment für uns. Herbert hat uns noch nie eine Frau vorgestellt. Aus diesem Grund müssen wir davon ausgehen, dass unser lieber Junge tatsächlich verliebt ist."

Er klopfte Herbert anerkennend auf die Schulter und zwinkerte mir verschwörerisch zu.

Die förmliche Begrüßung und das Getue um mich waren mir peinlich, aber noch klangen Manuels Worte in meinen Ohren nach. Freundlich schüttelte ich Herrn Marisoner die Hand, bedankte mich höflich für die nette Einladung und erwähnte, mich auf ein schönes gemeinsames Osterfest zu freuen.

„Apropos Ostern. Herbert, ist deine liebe Susanne instruiert, dass wir am Ostersonntag alle gemeinsam zur Kirche gehen?", und an mich gewandt, „Ich hoffe, Sie haben ein Dirndlkleid mit?"

Verlegen schaute ich zu Herbert. Er hatte nicht erwähnt, dass ich so was benötigen würde. Abgesehen davon: Als geborener Stadtmensch hatte ich nie die Notwendigkeit gesehen, mir ein solches Kleidungsstück zuzulegen. Herbert sprang in die Bresche.

„Papa, Susanne ist Wienerin."

„Ja, und?"

Er hob die Augenbrauen, als ob das kein Grund wäre, nicht in Tracht zu erscheinen.

„In Wien trägt man diese Art von Kleidung nicht." und leise fügte er hinzu, „Außer auf dem Steirerball".

„Ach ja. Entschuldige bitte. Aber was halten Sie davon: Meine Frau geht morgen Vormittag mit Ihnen in den Ort. Da gibt es ein tolles Trachtenmodengeschäft. Die verkaufen bestimmt etwas Passendes an so eine hübsche junge Dame."

Ehrlich gestanden war mir nicht der Sinn nach einem Dirndlkleid, aber wenn dadurch mein Wert in der Familie stieg, warum nicht. Ich erklärte mich einverstanden.

In der Zwischenzeit nahmen wir Platz, und Herberts Eltern begannen mich auszufragen. Was ich denn so studiert habe, seit wann ich berufstätig sei, wie es mir gefalle, Erwachsene zu unterrichten – und auch über meine Familie. Die „Hms" und „Ahas" dazwischen vermittelten mir den Eindruck, als ob ich ihnen nichts Neues erzählte. Scheinbar hatte Herbert über meine Person bereits intensiv Rede und Antwort stehen müssen. Alles in allem begann ich mich zu entspannen, und sie schienen mit der Damenwahl seines Sohnes zufrieden zu sein.

Nach der Frage und Antwort Stunde, ging man zum allgemeinen Geplänkel über, wie das Wetter über das Osterwochenende wohl werden würde und welches Menü am Ostersonntag Tradition im Hause Marisoner hatte. Danach erkundigte sich Marisoner senior nach Manuels Befinden.

„Sie müssen wissen, Susanne", wandte er sich an mich, „Manuel ist wie unser zweiter Sohn. Er geht hier ein und aus, seit ich denken kann. Ein sehr netter und gepflegter junger Mann. Schade, dass er noch nicht das Glück hatte, die richtige Frau kennenzulernen. Als er klein war, dachte ich schon, dass er schwul wird. Manuel trug sehr gerne Mädchenkleider. Das sahen seine Eltern nicht besonders gerne und – ehrlich gestanden – ich auch nicht. Aber er fühlte sich scheinbar in Röcken, Blusen und Rüschen wohl. Ich kann mich erinnern, zum Fasching ging er immer als Prinzessin. Ungewöhnlich, nicht?" Die Augen von Herrn Marisoner verrieten, dass er mit für diese Art der Verkleidung für einen Buben so gar nichts übrig hatte.

Ich schmunzelte. Was mir Manuel so erzählt hatte, da passte sein Narrenkostüm nicht in das Rollenbild der konservativen Herren dieser Gegend. Sie hätten ihn sicherlich lieber als Cowboy oder Indianer gesehen.

„Ganz sicher bin ich mir bis heute ja noch nicht, ob er nicht vom anderen Ufer ist", fuhr Herberts Vater fort und strich sich dabei gedankenverloren über seinen grauen Bart.

„Papa", mischte sich Herbert nun ins Geschehen, „wenn Manuel schwul wäre, ginge dich das aber auch nichts an, oder?"

Sein Ton klang verärgert.

„Ja, schon gut. Ich weiß, ihr zwei seid wie Brüder. Das ist gut so. Ich war ja immer froh, dass du einen guten Kameraden wie ihn hattest. Ohne Geschwister aufzuwachsen ist halt auch ein bisschen langweilig."

Man beendete dieses Thema und ging wieder zur österlichen Tagesordnung über.

Die Feiertage gestalteten sich in der Summe sehr gelungen, auch wenn sie für meinen Geschmack zu viel Tradition beinhalteten. Am Samstag musste ich mich zu einem Dirndlkleid durchringen. Nach mehreren Anproben entschied ich mich für ein bodenständiges und für meinen Begriff einfaches Modell, der Ausseer Alltagstracht.

Am frühen Nachmittag schleppte man mich zur Andacht in die nahegelegene Kapelle und danach zur Fleischweihe. Erst nach dieser Zeremonie durfte man die ausgezeichnet mundende Oststerjause verzehren. Nach einem gemütlichen Spaziergang, auf dem ich unzählige fremde Hände schütteln musste, weil ich den vielen Bewohnern des Ortes, die das herrliche Wetter ebenfalls zum Ausgehen nutzten, als Schwiegertochter vorgestellt wurde, ging es zur Auferstehungsmesse und anschließend zu einem riesigen Osterfeuer, wo wir auch Manuel wiedertrafen.

Auch der Sonntag und Montag waren mit Kirchgang, Essen und Feiern ausgefüllt.

Am Dienstag nach dem Frühstück verabschiedeten wir uns endlich von Herberts Eltern und brachen gemeinsam zurück nach Wien auf. Es wurde eine herzliche Szene, Herberts Mama drückte mich fest, und sein Vater versicherte mir, dass er sich auf ein Wiedersehen mit mir freue. Es klang aufrichtig. Glücklich, dieses Osterwochenende gut überstanden zu haben, fiel ich in den Autositz neben Herbert. Die Aussicht auf die Zweisamkeit mit meinem Liebsten zauberte ein zufriedenes Lächeln auf meine Lippen.

XXVIII

Der Wochenstart verläuft nach Plan. Ich rufe am Montag an der Volkshochschule an und melde mich zurück. Mein Vorgesetzter scheint sehr erfreut darüber, dass ich wieder Kurse abhalten will. Danach kontaktiere ich meine Nachhilfeschüler und vereinbare neue Termine. Nachdem ich mit dem Organisatorischen fertig bin, starte ich die Kursvorbereitungen.

Von Zeit zu Zeit luge ich aus meinem Badezimmerfenster, ob Manuel heute vielleicht doch weggefahren ist. Sein Auto steht aber wie jeden Montag im Carport.

Noch weiß ich zwar nicht genau, wonach ich am Dienstag in seinem Haus suchen soll, ich werde also die Dinge auf mich zukommen lassen. Sobald seine Reinigungsdame das Haus verlässt, werde ich hinübergehen und mir das Haus vorknöpfen. Sein Schlafzimmer ist hoffentlich nicht abgeschlossen.

Manuel sperrt üblicherweise sein Schlafzimmer ab, wenn er verreist. Noch nie betrat ich diesen Raum. Dafür bringe ich eine gute Portion Verständnis auf. Wer will schon, dass jeder in sein Schlafzimmer kommt? Auch wenn man noch so gut befreundet ist. Irgendwo muss man seine persönlichen Grenzen ziehen.

Während ich mein Vorhaben im Kopf durchgehe, überlege ich, wieso Manuel auf die Idee kam, dass ich Herbert getötet haben könnte. Außerdem sprach er von zwei

Personen. Wieso? Er kannte Marie gar nicht beziehungsweise bloß aus Erzählungen.

Meine Gedanken gleiten ab.

Dieses elendige Miststück! Jahrelang hatte ich nicht den geringsten Verdacht. Sie sei lesbisch, von wegen!

Wäre ich Herbert doch nicht nach Paris gefolgt! Seine letzte Reise nach Paris, und dann brachte er mir auch noch diese Tasse mit „Je t'aime!". Infamer geht es eigentlich nicht! Dieser Schweinehund, Betrüger!

XXIX

Nach dem wunderbaren Beginn unserer Beziehung pendelte sich der Alltag rasch ein.

Herbert hatte sein Studium endlich finalisiert. Die Sponsion wurde mit einer großen Party mit der Familie Marisoner gefeiert. Schließlich war er der erste Spross seit über einhundert Jahren, der nicht Jus studiert hatte.

Oft waren wir in Paris, weil Herbert dort beruflich häufig zu tun hatte. Als seine Firma ihm ein Apartment in der Stadt an der Seine zur Verfügung stellte, schnellte die Anzahl unserer Paris-Kurzurlaube beträchtlich in die Höhe.

Die Wohnung war für Pariser Verhältnisse großzügig bemessen. Sie hatte neben einem Wohn-Ess-Bereich zwei kleinere Schlafzimmer und einen weiteren Raum, den Herbert sich als Arbeitszimmer eingerichtet hatte.

Nachdem wir bereits über vier Jahre ein Paar waren und Herberts Eltern uns bei jedem Besuch fragten, wann wir denn unsere Liaison endlich legalisieren wollten, hielt Herbert um meine Hand an. Für mich war das Glück vollkommen. Wir strebten allerdings keine Hochzeit mit großem Pomp und vielen Gästen an, sondern hatten vor, uns das Jawort auf einer karibischen Insel zu geben. Herberts Eltern waren über diesen Entschluss nicht besonders glücklich, doch sie ließen uns unsere Freiheit.

Wir mussten ihnen aber versprechen, uns nach unserer Rückkehr in Herberts kleinem Heimatort kirchlich trauen zu lassen und anschließend eine konventionelle Hochzeitsfeier zu machen. Diesen Kompromiss gingen wir letztendlich ein.

Christine und Manuel begleiteten uns als Trauzeugen nach Santa Lucia. Insgeheim hoffte ich, dass die beiden endlich zueinanderfänden. Christine schien einer Beziehung mit Manuel nicht abgeneigt zu sein, doch Manuel machte nicht die geringsten Anstalten, der Versuchung zu erliegen. Manchmal glaubte ich schon selber, dass er schwul war, bloß traute ich mich nicht, ihn zu fragen. Als ich Herbert einmal vorsichtig auf das Thema ansprach, als wir gemütlich am tropischen Strand lagen, tat er es ziemlich unwirsch ab.

„Susanne, nicht jeder Mann, der sich nicht durch sämtliche Betten der Damenwelt wälzt, ist schwul. Manuel ist sehr wählerisch, und im Grunde ist er mit seiner Arbeit verheiratet."

„Vielleicht hat er ein Verhältnis, von dem keiner wissen darf. Möglicherweise ist seine Herzensdame verheiratet. Dir hätte er das bestimmt erzählt, oder nicht?", spekulierte ich während ich mit dem Finger Kreise in den Sand zeichnete.

„Glaube mir, sein Liebesleben ist kein Gesprächsthema zwischen uns." Herbert lag mit geschlossenen Augen hinter den dunklen Sonnenbrillen auf einem Daybed und ließ sich die warmen Sonnenstrahlen auf seinen makellosen Körper strahlen.

Ich ließ nicht locker.

„Das wäre nicht gut, wenn er mit einer verheirateten Frau was hätte. So was kann gefährlich werden. Was ist, wenn der Ehemann dahintersteigt? Schon viele mussten ihr Leben im Zuge eines Eifersuchtsdramas lassen." Der Teufel ritt mich wieder.

„Jetzt mal halblang, Susanne. Du wirst mir doch diesen schönen, sonnigen Tag und unsere Flitterwochen nicht mit diesen Hirngespinsten vergällen wollen!"

Es tat mir leid. Es lag mir fern, Herbert zu verärgern und eigentlich wollte ich gar nicht über Manuel reden, sondern ihm mein ureigenes vollstes Vertrauen schenken. Es gehörte sich, dass es zwischen Ehepaaren keine Geheimnisse gab, zumindest war das meine persönliche Meinung.

„Herbert", sagte ich zögerlich und ängstlich zugleich, „ich muss ein Geständnis ablegen. Dann verstehst du vielleicht, wieso ich manchmal solch abstruse Gedanken wälze."

Ohne Umschweife sprudelte das Geheimnis um meine Mutter aus meinem Mund. Mein Mann unterbrach mich kein einziges Mal. Nervös wischte ich mir die eine oder andere Träne aus dem Gesicht, während ich ihm eröffnete, dass meine Mutter eine Doppelmörderin war.

Als ich fertig war, nahm Herbert mich in seine Arme, drückte mich fest an sich und sagte: „Meine liebste Susanne. Nun musst du die Last dieses Wissens nicht mehr allein tragen. Du bist die wunderbarste Frau, die ich je kennengelernt habe, und daran wird sich nichts ändern. Du musst die Vergangenheit ruhen lassen. Es war nicht dein Leben, es war das Leben deiner Eltern. Du hast bei mir und meinen Eltern ein Zuhause. Ich hoffe, das weißt du."

Ich lehnte den Kopf an seine Brust und weinte vor Erleichterung los.

„Komm, wir gehen schwimmen, das wird dir gut tun."

Er schnappte meine Hand, und wir liefen wie kleine Kinder über den heißen Sand in den Ozean.

XXX

Vielleicht hätte ich mehr Druck machen sollen, was eigene Kinder betrifft. Herbert sagte mir immer, dass er schon gerne Nachwuchs hätte, aber es war ihm immer zu früh. Schließlich waren wir beinahe fünf Jahre verheiratet, und meine biologische Uhr tickte unaufhaltsam. Er meinte, viele Frauen würden erst mit rund vierzig Mütter werden. Ich solle doch die paar Jahre in Zweisamkeit mit ihm genießen, denn wenn so ein Spross erst da sei, dann könnten wir nicht mehr so unbeschwert leben. Mir war klar, dass all seine Argumente stimmten, doch ich war mehr als bereit für die Elternschaft. Ich gierte danach Mutter zu werden.

Auch Herberts Eltern brachten das Thema bei jedem Treffen zur Sprache und warteten sehnsüchtig auf die Frohbotschaft. Immerhin wusste ich, dass ich es letztendlich selbst in der Hand hatte, bevor es zu spät sein würde und lange wollte ich mich nicht mehr hinhalten lassen.

Nun ist alles anders gekommen. Herberts Eltern würden auf ein leibliches Enkelkind verzichten müssen. Meine Chancen, Mutter zu werden, sind auf nahezu null gesunken. Es fehlt mir der geeignete Partner.

Verfluchtes Paris! Nie mehr wieder werde ich mich dort blicken lassen. Alles Übel hat dort begonnen.

XXXI

Herbert reiste zum X-ten mal nach Paris, um die For-
schungsergebnisse seiner Abteilung mit seinem Kollegen Charles abzustimmen. Er hatte mich gebeten, ihn
zu begleiten. Es war ein Mittwoch. Er wollte die beiden
darauffolgenden Tage für die Arbeit nutzen, und am Wochenende genussvoll bei prognostiziertem Traumwetter
mit mir durch die Stadt schlendern. Schweren Herzens
gab ich ihm einen Korb, weil ich Abendkurse abzuhal-
ten hatte. Freitags war eine Besprechung in der Versicherung geplant. Herbert flog ohne mich.

Am frühen Morgen nach seinem Abflugstag, rief mich
Herbert an, er werde doch bis zur Mitte der darauffolgenden Woche in Paris bleiben müssen. Charles sei erkrankt
und die Arbeiten würden sich verzögern. Er selbst werde
die Zeit nutzen, um im Labor ein paar Versuche zu fahren. Marie, Charles rechte Hand würde ihm assistieren.

Marie war eine Seele, sie lebte für ihren Job. Sie war
hilfsbereit, intelligent, freundlich und ein richtiger Kum-
pel. Herbert hatte einmal gemeint, wenn er nicht mit mir
verheiratet und Marie nicht lesbisch sei, könne er sich
geradewegs in sie verlieben.

Seit vielen Jahren schon war sie mit Juliette liiert. Sie
war außerdem eine leidenschaftliche Köchin und Gast-
geberin. Immer wieder lud sie uns zu einem hervorragenden Diner ein. Juliette allerdings habe ich nie ken-

nengelernt. Sie war Modedesignerin und daher viel in der Welt unterwegs. Herbert erzählte mir, dass auch sie eine ausgesprochen liebenswerte und freundliche Zeitgenossin sei.

Ich war enttäuscht, dass Herbert das Wochenende nicht zu Hause verbrachte. Kurz erwog ich, ihm nachzureisen, aber für gerade einmal zwei Tage war mir der Aufwand der Fliegerei einfach zu groß.

Überraschend eröffnete Manuel mir bei einem kurzen Tratsch über den Zaun dass er beschlossen habe, ein verlängertes Wochenende in Mailand zu buchen und er fliege noch an besagtem Abend ab.

„In Begleitung?", fragte ich.

Manuel grinste.

„Wer weiß?"

„Na dann. Viel Spaß. Ich hoffe, ich kriege sie mal zu Gesicht", lachte ich.

Am selben Nachmittag rief die Versicherung an und cancelte den Termin. Nun lag wider Erwarten doch ein richtig langes Wochenende vor mir. Kurzerhand rief ich die Airline an, ob sie noch einen Platz in der Freitagmorgen-Maschine nach Paris hätten. Freudig wollte ich Herbert mitteilen, dass ich doch nach Paris käme, aber er nahm sein Handy nicht ab. „Egal", dachte ich, „ich werde ihn überraschen".

Planmäßig hob ich am Freitag in Richtung Paris ab. Nach zweistündigem Flug landete ich am Charles de Gaulle. Ich war aufgeregt wie ein kleines Mädchen. Zuerst würde in die Wohnung fahren. Wahrscheinlich war Herbert nicht da, sondern in der Arbeit. Dann wollte ich für ein richtig exquisites Diner einkaufen gehen. Ein bisschen Hummer, Shrimps, Kaviar und natürlich Champagner, der durfte keinesfalls fehlen. Es blieb nur zu hoffen, dass er keine Abendeinladung, eventuell sogar von Marie, angenommen hatte. Immerhin rechnete er nicht mit meiner Anwesenheit. Das musste ich irgendwie noch rauskriegen. Nochmals wählte ich seine Mobilnummer.

„Ja, Susanne? Was gibt es denn, dass du mich um diese Zeit mit deinem Anruf beehrst?"

Er schien überrascht.

„Ähm. Ich wollte nur fragen, wie es dir geht", sagte ich etwas verlegen.

„Alles klar. Ich bin gerade auf dem Weg zur Metro und fahre in die Arbeit. Und bei dir? Alles in Ordnung?"

Es klang besorgt.

„Ja, ja. Du weißt ja, ich habe heute mein Meeting bei der Versicherung, und anschließend bin ich zum Abendessen eingeladen", log ich, weil mir nichts Besseres einfiel. „Falls du mich anrufen möchtest und ich eventuell nicht abhebe, weil ich mein Handy auf lautlos schalte …"

„Susannchen, lieb von dir. Ich hätte mir keine großen Sorgen gemacht."

„Und du? Was machst du am Abend so allein? Wird Marie dich wieder bekochen?"

„Nein. Es gibt noch Reste von gestern im Kühlschrank, die werde ich verarbeiten, oder ich setze mich in Pierres Bistro. Ich möchte meine Auswertungen voranbringen, und Marie kann mir heute nicht helfen. Sie ist leider ebenfalls erkrankt."

Erleichtert seufzte ich auf.

„Na dann – frohes Schaffen. Ich melde mich morgen. Viele Küsse!"

Dann legte ich auf.

Am Flughafen stieg ich in ein Taxi und ließ mich zur Wohnung fahren. Glücklich lehnte ich mich im Fond des Wagens zurück. Herbert würde Augen machen, wenn er heimkommt! Ein wunderbar gedeckter Tisch mit vielen Köstlichkeiten! Wahrscheinlich war es auch der richtige Augenblick, um nochmals über unsere Zukunft mit Kindern zu sprechen. Ich war felsenfest davon überzeugt, dass heute der richtige Moment gekommen war.

Endlich vor der Haustür angekommen, bezahlte ich den Taxifahrer und stieg zu Fuß in den vierten Stock hinauf. Während ich aufsperrte, summte ich ein französisches Liebeslied. Im kleinen Vorraum lag der Duft von Herberts Rasierwasser noch in der Luft. Wie liebte ich diesen Geruch! Ich nahm mein Halstuch ab, legte es auf die kleine Kommode, zog die Schuhe und meine Jacke aus. Mit Schmetterlingen im Bauch, als wäre ich frisch verliebt, schlich ich auf Zehenspitzen in das Wohnzimmer.

Zuerst fiel mein Blick auf einen zusammengeknüllten Ball aus Textil. Was war das? Ich näherte mich diesem Knäuel und entwirrte ihn. Meine Finger begannen zu zittern. In der Hand hielt ich schwarze Netzstrümpfe und ein durchsichtiges, orangenes Negligé. Ein schwarzer BH, Körbchengröße B, lag auf dem Boden. Wie in Trance hob ich ihn auf.

Langsam ging ich weiter ins Schlafzimmer. Das Bett war zerwühlt. Orangene Pumps lagen auf dem Boden, daneben ein schwarzes Lederkorsett. Auf den Nachtkästen standen zwei Champagnergläser und auf dem weichen Vorleger neben Herberts Bett eine leere Flasche. In einem Schälchen lagen die Überreste von Erdbeeren.

Völlig zerstört setzte ich mich und begann zu weinen. Herbert betrog mich, vielleicht schon lange Zeit, hier in Paris! In unserer Stadt! Ich hielt meine Hände vor das Gesicht, und mein ganzer Körper zitterte. Meine heile Welt lag in Scherben. Alles, woran ich geglaubt hatte, war nichtig. Herberts Liebe zu mir, meine zu ihm. Ich hasste ihn aus tiefstem Herzen und ich ließ meinem Kummer freien Lauf, trommelte auf die Matratze, schrie, schluchzte, weinte, bis ich fast den Verstand verlor. Es dauerte eine Weile, bis ich wieder einen klaren Gedanken fassen konnte.

Verdammt, mit wem betrog er mich? Kannte ich sie? Ich suchte nach Hinweisen, die diese Person hätten identifizieren können. Nichts dergleichen war zu finden. Was sollte ich nun tun? Auf Herbert warten? Ihn zur Rede stellen? Er würde mich belügen und das Ganze als blöden Zufall abtun. Welchen Zufall? Lügengeschichten würde er erfinden, bestimmt!

Die Erkenntnis, dass er genauso ein Ehebrecher wie mein Vater war, traf mich wie ein Blitz. Wahrscheinlich war mein Vater sogar ehrlicher gewesen. Er hatte es zur Schau getragen, dass seine Ehe eine Farce war. Herbert hingegen spielte den liebenden Gatten und betrog mich hinterrücks nach Strich und Faden. Das war mieser, böser, gemeiner.

Unbändiger Hass stieg in mir hoch. Genau jetzt musste ich etwas unternehmen, sonst würde ich an meinem Zorn ersticken! Ein Plan musste her, und zwar schnell. Auf jeden Fall sollte Herbert nicht erfahren, dass ich hier war. Was hatte ich alles angefasst? Nur die Wäsche vom Boden im Wohnzimmer hatte ich aufgehoben. Schnell knäuelte ich sie wieder zusammen und warf sie so hin, wie ich sie vorgefunden hatte.

Zurück im Vorhaus, streifte meine Jacke über und zog meine Schuhe an. Mein Blick fiel auf eine orangene Fleecejacke, die ich von irgendwoher kannte. Klar! Marie hatte diese getragen, als ich sie das letzte Mal gesehen hatte! Marie! Die ganze Zeit hatte ich die Geliebte meines Mannes vor meiner Nase gehabt und es nicht bemerkt! Mir erzählte man, sie sei lesbisch, damit sie von jeglichem Verdacht befreit war. Wie einfach war das alles für Herbert und Marie. Sie nahmen mich Ahnungslose in ihre Mitte auf und spielten gute Kollegen und Freunde, wenn ich anwesend war! Wie hatte ich so blind sein können! Das ging bestimmt schon seit Jahren! Orange, die Lieblingsfarbe von Marie – oft hatte sie es mir gegenüber erwähnt. Sie liebte diese Farbe!

„Na warte, du Schlampe!", dachte ich mir. Ich schnappte ihre Jacke und vergewisserte mich, dass ich sonst nichts verändert hatte. Dann verließ ich die Wohnung.

Maries Wohnung lag nur zwei Blocks von unserer entfernt. Sie war fußläufig in weniger als zehn Minuten erreichbar. Was sollte ich sagen, wenn sie mir die Tür öffnete? Was tat ich in Paris? Wieso besuchte ich sie unangemeldet? Am besten wäre, ich würde die Situation auf mich zukommen zu lassen.

Als ich das Haus mit ihrem Apartment erreicht hatte, läutete ich an der Glocke. Sie schien tatsächlich zu Hause zu sein.

„Oui?"

„Marie?"

„Oui? Qui la-bas?"

„C'est moi, Susanne."

„Oh, Susanne, quelle surprise!"

Der Türöffner summte, und ich konnte die Eingangstür aufdrücken. Maries Wohnung lag im ersten Stock. Langsam ging ich die Treppe hinauf, um mich zu sammeln. Auf der Stiege hörte ich schon, wie sie den Schlüssel im Schloss umdrehte und die Türe öffnete. Marie stand in einem grauen Jogginganzug, ungeschminkt und unfrisiert, vor mir. Sie umarmte mich zur Begrüßung.

„Komm rein, Susanne! Was für eine Überraschung! Du musst meinen Aufzug entschuldigen, ich hatte heute Morgen so starke Kopfschmerzen, dass ich nicht zur Arbeit gefahren bin. Mit den Tabletten werden die Schmerzen schon besser. Was machst du in Paris? Herbert erzählte mir, dass du diesmal nicht kommen kannst. Willst du ihn etwa überraschen? Der wird sich aber freuen, dich zu sehen."

Sie plapperte auf mich ein und schien gar nicht zu bemerken, dass ich in höchstem Maße nervös und fahrig war. Obwohl sie angeblich noch vor kurzer Zeit mit Migräne darniedergelegen war, erschien sie mir sehr aufgeweckt und quirlig. „Ja, ja. Migräne, von wegen. Der Champagner ist dir wohl zu Kopf gestiegen", dachte ich.

„Oh, Susanne, danke. Du hast meine Jacke mitgebracht. Die habe ich gestern am Abend bei Herbert vergessen. Wir besprachen noch die Vorgangsweise der Versuche. Da merkte ich schon, dass die Migräne im Anmarsch war."

Für wie blöd hielt mich diese Frau?

„Marie, ich bin nicht gekommen, um mit dir zu plaudern oder mir deine Lügen anzuhören", schnitt ich ihr scharf das Wort ab.

Ohne auf ihr Erstaunen einzugehen, fuhr ich fort: „Seit wann hast du das Verhältnis mit Herbert? Seit wann hintergeht ihr mich? Du bist lesbisch! Tolle Lüge, um mich in Sicherheit zu wiegen. Glaub mir, ich bringe dich um."

Mein Ton wurde mit jedem Wort lauter, energischer. Erschrocken wich Marie zurück. Die Farbe in ihrem Gesicht war endgültig verschwunden. Bedrohlich machte ich noch einen Schritt auf sie zu.

„Du Hexe, du falsche Schlange. Wolltet ihr vielleicht mich sogar ausbooten? Hast du Herbert etwas dazu gedrängt, sich von mir scheiden zu lassen? Jetzt weiß ich, wieso er die Familienplanung ständig verschob.", zischte ich gefährlich.

Ich musste mich im Zaum halten, damit ich ihr nicht ins Gesicht spuckte. Marie ging langsam rückwärts in Richtung Wohnzimmer.

„Ich, ich habe kein Verhältnis mit Herbert", stammelte sie. „Wie kommst du auf diesen absurden Gedanken? Ich liebe meine Juliette. Wir sind seit Jahren ein Paar. Mich interessieren Männer nicht, zumindest nicht in sexueller Hinsicht. Susanne, was ist in dich gefahren?"

Mit jedem Wort wich sie einen Schritt zurück. Ihre Augen waren weit aufgerissen, ihre Wangen färbten sich tiefrot.

„Du miese Kröte. Du hättest vielleicht deine Reizwäsche wieder mitnehmen sollen! Ich wusste gar nicht, dass Herbert auf so was steht. Ich habe das Zeug nie gebraucht, um ihn zu erregen!"

Ich zwang Marie weiter hinein in ihr Wohnzimmer. Sie musste sich auf ein Sofa setzen.

„Das wirst du mir büßen, glaub mir. Du wirst nie mehr ein Verhältnis mit einem verheirateten Mann beginnen."

Mit diesen Worten holte ich zu einem Handkantenschlag aus und ließ diesen mit voller Wucht in ihr Genick sausen. Marie kippte vornüber und fiel auf den Boden. Sie war augenblicklich tot. Mit einem einzigen Schlag hatte ihr das Genick gebrochen.

Dann kniete ich mich neben sie und drehte sie um. Ihre blauen Augen waren offen und wirkten überrascht. Mit dem Rautegriff nahm ich ihren leblosen Körper und legte ihn so neben die Stiege, die zu ihrem Schlafzimmer hinaufführte. Im Vorhaus suchte ich nach Schuhen mit Absatz, die ich neben sie legte. Den Absatz von einem Schuh brach ich ab. Man sollte glauben, dass sie mit diesen Schuhen die Stiege hinuntergestürzt war. Wenn man unglücklich fiel, konnte man sich das Genick brechen. So ein Pech aber auch.

Als ich mit meiner Arbeit fertig war, überlegte ich noch, ob ich irgendetwas angefasst hatte. Nein, hatte ich nicht. Als Vorsichtsmaßnahme streifte ich die Kapuze meiner Jacke über und schlich mich leise aus der Wohnung. Maries Jacke nahm ich wieder mit.

Unbemerkt schlüpfte ich aus dem Haus und rannte zurück in unsere Wohnung. Mein Herz pochte wild. Schnell lief ich die vier Etagen hoch, schloss die Tür auf und hängte Maries Jacke zurück auf den Haken. Dann verließ ich die Wohnung abermals und ging zur Metrostation. Als ich endlich in der U-Bahn saß, beruhigte ich mich ein wenig. Ich musste rasch von hier verschwinden. Es wusste niemand, dass ich in Paris war. Fieberhaft überlegte ich, ob ich in unserer Wohnung wohl nichts verändert hatte, was auf meine Stippvisite deuten könnte. Maries Wohnung war, was meine Spuren betraf, jedenfalls sauber,, dessen war ich mir sicher. Außerdem musste man erst einmal auf die Idee kommen, dass sie nicht durch einen Unfall zu Tode gekommen war.

Sollte ich meinen Flug umbuchen oder doch mit dem Nachtzug nach Hause fahren? „Was ist sicherer?", fragte ich mich. Aber wer sollte schon einen Zusammenhang zwischen Maries Tod und mir herstellen können? Einzig Herbert. Der glaubte mich allerdings zu Hause.

Letztendlich entschied ich, mit dem Flugzeug nach Hause zu reisen. Ich buchte am Flughafen meinen Rückflug für diesen Abend und saß wenig später in der Maschine auf dem Weg nach Wien.

XXXII

Endlich Dienstag. Alles geht seinen routinierten Gang. Manuel steigt pünktlich um acht Uhr morgens in sein Auto, um zum Verlag nach Wien zu fahren. Etwa fünfzehn Minuten später parkt das Fahrzeug seiner Putzfrau in der Einfahrt. Sie schleppt ihre Kübel und Putzmittel ins Haus. Gegen 12:30 Uhr fährt sie wieder weg.

Nun ist meine Zeit gekommen. Ich schnappe mir den Schlüssel von Manuels Haus und nehme den Weg durch die Hecke, vor eventuellen Blicken anderer Nachbarn geschützt, zur Eingangstür und sperre auf. Leise schleiche ich mich hinein und sperre hinter mir ab. Das Haus ist mir vertraut. Viele Male betreute ich schon während Manuels Abwesenheit die Blumen, sah nach dem Rechten. Unzählige schöne Stunden verbrachten wir drei hier, ob mit Gesellschaftsspielen, Wellness-Abenden oder gemeinsamen Koch- und Grillnachmittagen. Wir hatten viel Spaß miteinander. Nun ist alles vorbei. Manuel und ich sind Feinde.

Zu allererst gehe ich ins Wohnzimmer. Ich öffne jede Schranktür und stöbere. Noch habe ich nicht die geringste Ahnung, wonach ich suchen soll. Die Kästen sind voll mit diversen Spielen, CDs, DVDs und Rechnungen. Die Regale und Boards sind mit Büchern vollgestopft. Ich suche weiter im Esszimmer und in der Küche. Keine Spur von irgendetwas Brauchbarem.

Als Nächstes knöpfe ich mir sein Arbeitszimmer vor. Auf seinem Schreibtisch stapeln sich unzählige Manuskripte. Auch hier kann ich nichts finden, was mich kompromittieren kann.

Bevor ich mich in die Kellerräumlichkeiten begebe, will ich sein Schlafzimmer unter die Lupe nehmen. Irgendetwas muss doch zu finden sein, worauf sich seine Anschuldigungen mir gegenüber begründen. Langsam drücke ich die Klinke der Schlafzimmertür herunter. Sie ist wider Erwarten verschlossen. Das heißt konkret, dass seine Reinigungsdame hier nicht sauber macht. Oder doch? Ich suche nach dem Schlüssel. Am Schlüsselbrett im Vorhaus hängt er nicht. Nochmals durchsuche ich die Laden im Wohnzimmer und in der Küche. Nichts. Wahrscheinlich trägt er diesen bei sich. Vor Aufregung muss ich pinkeln. In der Toilette hängt ein kleiner Spiegelschrank, in dem Manuel Seife, Handcreme, Düfte und frische Gästetücher aufbewahrt.

Ich öffne ihn, um meine Hände einzucremen. Mein Blick fällt auf einen Schlüssel, der an der Innenseite der Spiegeltür an einem Haken baumelt. Das war mir noch nie aufgefallen. Passt er womöglich? Ich nehme ihn, stecke ihn in das Schloss der Schlafzimmertür und drehe ihn herum. Die Türklinke lässt sich runterdrücken, und die Tür öffnet sich.

XXXIII

Um Mitternacht war ich endlich wieder zu Hause. Meine Kleidung war schweißdurchtränkt und ich zitterte am ganzen Körper. Nun wurde mir bewusst, dass ich einen Mord begangen hatte. Mir war das gleiche Schicksal bestimmt wie meiner Mutter. Verdammt, womit hatte ich das verdient?

Ich stellte mich unter die Dusche und versuchte, mich von meiner Schuld reinzuwaschen. An Schlafen brauchte ich jetzt nicht zu denken. Mit einer Tasse heißen Tee und in meinen Bademantel gehüllt kuschelte mich auf das Sofa. Was sollte ich weiter tun? Marie war tot. Gut. Das konnte ich nicht mehr rückgängig machen. Wie sollte ich mich Herbert gegenüber verhalten? Sollte ich ihn zur Rede stellen? Würde ihn das nicht womöglich auf die Spur bringen, dass ich mit Maries Tod etwas zu tun haben könnte? Sollte ich so tun, als ob alles normal wäre und meine Ehe mit ihm wie bisher weiterführen? Vielleicht sogar Kinder kriegen? Nein. Das würde ich nicht ertragen. Scheidung wäre eine Option, aber warum? Er würde aus allen Wolken fallen. Und seine Eltern erst! Sollte ich eine Liebschaft vortäuschen, sodass er die Scheidung einreichte? Nein. Dann würde ich schuldig geschieden werden. Was hätte ich dann für Ansprüche? Wollte ich denn überhaupt irgendetwas von ihm? Na ja, immerhin hatte ich meine Wohnung verkauft und das

Geld in dieses gemeinsame Haus eingebracht. Auf diesen Anteil wollte ich keinesfalls verzichten. Vielleicht hatte dieser geile Bock noch andere Affären. Ich sollte ihm einen Detektiv an den Hals hetzen. Es gab ja auch die Möglichkeit, jemanden zu engagieren, der ihn verführt. Konnte ich mir diese Art von Spielchen überhaupt leisten?

Irgendwann musste ich in einen traumlosen Schlaf gefallen sein. Um neun Uhr klingelte mein Handy.

Herbert. Ich wollte nicht mit ihm reden. Ich hasste ihn. Nach dem fünften Mal hörte das Gebimmel auf. Eine Minute später versuchte er von Neuem, mich zu erreichen. Schließlich nahm ich ab.

„Ja?"

„Susannchen! Alles klar?"

„Ja."

„War es gestern wohl später am Abend, hm? Du hast doch nicht deine Morgeneinheit ausfallen lassen?" Sein süffisanter Ton war unüberhörbar. Er hielt nicht viel von meinem Sportprogramm.

„Nein."

Meine Antworten fielen kurz aus.

„Bist du krank? Ist wirklich alles in Ordnung? Du klingst matt."

Was sollte ich antworten? Alles in Ordnung? Nichts war in Ordnung.

„Mir geht es gut. Ich habe mich aber scheinbar erkältet, bin etwas müde."

„Na, dann ist es ja gut, dass ich nicht zu Hause bin. So kannst du dich in Ruhe auskurieren, und keiner stört dich dabei."

„So ein Mistkerl!", dachte ich mir. Von Maries Tod schien er noch nichts zu wissen. Bestimmt hätte er es mir erzählt.

„Danke für deine Anteilnahme."

Den zynischen Unterton schien Herbert nicht zu bemerken.

„Ich melde mich heute Abend noch einmal, okay? Jetzt muss ich Marie anrufen, wann sie kommen wird, damit wir mit den Arbeiten vorankommen."

„Ja, dann tu das mal." Den ganzen Tag war ich nicht fähig, einen klaren Gedanken zu fassen. Kurz überlegte ich, Nathalie einzuweihen, dass Herbert mich betrogen hatte. Aber sie hätte mir Löcher in den Bauch gefragt, und ich hätte irgendwann zugeben müssen, dass seine Geliebte in Paris wohnte. Nathalie war nicht dumm und dazu noch schrecklich empathisch. Sie würde womöglich riechen, dass etwas nicht stimmte. Nathalie war ein grundanständiger Mensch, und niemals würde sie es mir verzeihen, wenn sie nur im Ansatz den Verdacht hätte, dass ich ein Menschenleben ausgelöscht hatte. Nein, sie war keine Hilfe. Christine stand mir zwar auch nahe, aber sie hätte kein Verständnis gehabt, wenn ich Herbert wegen eines Seitensprungs in die Wüste geschickt hätte. Sie war diesbezüglich viel toleranter als ich. Zumindest kommunizierte sie es so.

Sollte ich mit meiner Schwiegermutter darüber sprechen? Zumindest den Verdacht äußern? Vielleicht konnte sie ihren Sohn zur Räson rufen. Wir hatten ein außerordentlich gutes Verhältnis, und sie war eine ausgenommen verständige und vor allem pragmatische Frau. Nein. Sie hätte sich auch auf die Seite ihres einzigen Sohnes geschlagen und meine Verdächtigungen als Hirngespinst abgetan. Bestimmt!

Das hieß, ich war allein, auf mich gestellt, und konnte von keiner Seite Mitleid, gut gemeinte Ratschläge oder gar Hilfe erwarten. Meine einzige Chance, Informationen zu kriegen, war Manuel. Wusste er über Herberts Eskapaden Bescheid? War er eingeweiht, dass Herbert mich betrog? Es war zwar kein Trost und auch keine Hilfe, aber ich wollte es unbedingt wissen.

Manuel war aber nicht zu Hause, sondern weilte in Mailand, mit wem auch immer. Er würde erst am Sonntag zurückkehren. Das hieß, ich musste warten, Geduld haben, nichts überstürzen. Schließlich war ich im Vorteil. Ich wusste Dinge, von denen niemand ahnte, dass ich sie herausgefunden hatte. Vor allem wusste niemand, was wirklich geschehen war.

An diesem Samstag war ich nicht in der Lage einer vernünftigen Arbeit nachzugehen oder einen klaren Gedanken zu fassen. Einzig um die Mittagszeit zog ich meine Joggingschuhe an und lief eine lange Runde.

Als ich am frühen Nachmittag nach Hause kam, zeigte mein Handy fünf Anrufe in Abwesenheit. Fünfmal Herbert. Aha. Nun wusste er von Maries Tod.

Ich duschte, zog mir frische Jeans und einen Sweater über. Dann atmete ich ein paarmal tief durch und drückte am Handy auf „Liebster". Herbert nahm sofort ab.

„Susanne, wo bist du? Ich habe schon versucht, dich zu erreichen. Bist du krank?"

„Nein, ich war laufen, die Erkältung rausschwitzen", antwortete ich möglichst neutral.

„Stell dir vor, Susanne, Marie ist tot. Es ist unfassbar. Schrecklich. Furchtbar!"

Er begann zu weinen.

„Ja, ja, weine du nur! Nun musst du dir eine neue Gespielin suchen. Was wirst du denn mit ihrer Wäsche machen? Wohl wegwerfen, oder willst du mir ihre Sachen zum Geburtstag schenken?", dachte ich mir. Ich räusperte mich, um einen möglichst entsetzten Ton anschlagen zu können.

„Oh, mein Gott, nein! Was ist passiert?", spielte ich Entsetzen vor.

„Ich weiß noch keine Details. Juliette kam heute Morgen von ihrer Dienstreise aus New York und fand Marie leblos am Treppenabsatz der Stiege in ihrer Wohnung liegen. Juliette meinte, sie sei womöglich die Stiege hinuntergestürzt. Du kannst dich doch noch an die Wohnung erinnern, oder? Die Stiege, die zum Schlafzimmer führt."

„Ja, ja. Das ist ja furchtbar."

„Juliette ist am Boden zerstört. Alle möglichen Leute tummeln sich in der Wohnung. Polizei, Notarzt, Bestattung und so weiter. Ich werde zu ihr fahren."

„Klar doch", dachte ich. „Noch ein letztes Mal die tote Marie küssen?" Der Gedanke ekelte mich.

Und laut sagte ich: „Ja, mach das. Juliette wird deinen Trost brauchen."

Herbert weinte noch immer ins Telefon. „Hör doch auf zu flennen, du Mistkerl!"

„Tu das", sagte ich nachdrücklich, „und halte mich auf dem Laufenden. Richte Juliette unbekannterweise mein herzliches Beileid aus."

Juliette. Gab es sie wirklich?

Ein ungutes Gefühl beschlich mich. War womöglich eine andere Frau Herberts Geliebte, und ich hatte die Falsche getötet? „So ein Blödsinn, Susanne", schalt ich mich selber. Das ging doch jahrelang schon so.

Wenn doch Manuel zu Hause wäre! Zumindest könnte ich ihm von Maries Tod erzählen und an seiner Reaktion ablesen, was er vielleicht wusste.

Entgegen meinen Gewohnheiten öffnete ich eine Flasche Champagner und schenkte mir ein Glas ein. Ich setzte mich auf die Couch und schaltete den Fernseher ein. Es lief irgendeine Quizshow, die ich nur am Rande verfolgte. Meine Gedanken waren ganz woanders.

Vom Champagner benebelt, musste ich eingeschlafen sein. Das Vibrieren meines Handys weckte mich. Es war Herbert.

„Ja?", fragte ich.

„Susanne, Liebste. Ich war nun bei Juliette. Es ist alles so schrecklich. Marie ist wohl über die Treppe gestürzt und hat sich das Genick gebrochen. Der Arzt meinte, so einen glatten Bruch habe er auch noch nie gesehen. Das war richtiges Pech."

Seine Stimme erstickte fast.

„Ach, wie schrecklich", sagte ich leise.

„Vermutlich werde ich doch schon morgen nach Hause reisen. Wir müssen unsere Arbeit hier für ein paar Tage auf Eis legen. Ich fliege mit der Abendmaschine."

„Soll ich dich abholen?", bot ich an.

„Nein, nicht nötig", antwortete Herbert rasch. „Manuel kommt fast zur selben Zeit aus Mailand, er kann mich mitnehmen."

„Hast du mit Manuel telefoniert?" fragte ich irritiert. Das hieße Manuel als Vertrauensperson schied aus, der wusste über Herberts Verhältnisse Bescheid. Noch ein Mistkerl!

„Ja", antwortete er.

Nun gut. Dann musste ich mir Herbert ohne fremde Hilfe vorknöpfen.

XXXIV

Den ganzen Sonntag verbrachte ich wie in Trance. Weder war ich in der Lage, mein Morgensportprogramm zu absolvieren, noch konnte ich mich auf meine Kursvorbereitungen konzentrieren. Nathalie rief mich am späten Vormittag an und wollte mich zum Mittagessen einladen. Sie wusste, dass Herbert in Paris war. Dankend lehnte ich ab. Von Maries Tod erwähnte ich nichts.

Gegen 22 Uhr hielt ein Wagen in unserer Einfahrt. Durch mein Küchenfenster erkannte ich Manuels Auto. Die Männer stiegen aus. Herbert holte seinen Koffer aus dem bereits geöffneten Kofferraum. Sie verabschiedeten sich, indem sie sich umarmten, festhielten und sich auf die Wangen küssten. Seltsam, es war mir noch nie abstoßend vorgekommen, dass die beiden sich wie Brüder küssten. Diesmal empfand ich es als ekelhaft. Manuel hatte mich am Fenster entdeckt und winkte mir mit etwas in der Hand zu. Es war ein Tuch oder ein Schal, genau konnte ich es nicht erkennen.

Langsam ging Herbert zur Eingangstür. Ich eilte ihm entgegen und öffnete sie. Jedenfalls durfte ich jetzt keinen Fehler machen und ihm meinen Groll nicht zeigen. Zur Begrüßung umarmte ich ihn so herzlich wie es meine verletzten Gefühle zuließen und küsste ihn. Es kostete mich große Beherrschung, ihm nicht ins Gesicht zu schlagen. Arm in Arm gingen wir ins Haus. Herbert stellte sein Gepäck im Vorraum ab, zog die Schuhe aus und hängte seine Jacke auf einen Haken.

„Ach, Susanne", seufzte er, „ich bin so froh, wieder hier zu sein."

Er gab mir einen Kuss und drückte mir ein kleines Paket in die Hand.

„Für dich."

Während ich Tee aufsetzte, erzählte Herbert mir in allen Einzelheiten, was in Maries Wohnung los gewesen war. Aufmerksam hörte ich zu. Gab es irgendetwas, das nicht auf Unfall oder etwa auf sogar auf meine Anwesenheit in Paris deutete? Nein, ich konnte keine Zweifel am Unfallhergang hören. Herbert erzählte die ganze Geschichte für meinen Geschmack zu nüchtern. Wie gut hatte er sich doch im Griff! Wie perfekt konnte er verbergen, dass Marie und er ein Paar gewesen waren! Würde er auch so sachlich von meinem Tod berichten? Ich entdeckte eine Seite von Herbert, die ich in den letzten zehn Jahren nie kennengerlernt hatte und die ich verabscheute. War er schon immer so gewesen? Oder verhielt er sich bewusst neutral, um keinen Verdacht auf seine Liebschaft aufkommen zu lassen? Immer wieder überlegte ich, wie ich ihn aus der Reserve locken könnte und er seine Affäre gestehen würde. Würde ich ihm dann verzeihen können? Würden wir je wieder das Paar der letzten Jahre sein?

Nein. Das schloss ich kategorisch aus. Allein, dass ich selbst meine Nebenbuhlerin aus dem Weg geräumt hatte, war Grund genug, auch die Beziehung zu Herbert zu beenden. Bestimmt würde ich mich eines Tages verraten, und dann? Außerdem konnte ich nicht sichergehen, ob er sich nicht bald eine neue Geliebte anlachte. Wer einmal lügt und betrügt …

„Susanne? Hörst du mir noch zu?"

„Ja, entschuldige, selbstverständlich."

Meine Gedanken waren abgedriftet.

„Also, ich gehe jetzt zu Bett. Die letzten beiden Tage waren anstrengend. Komm, Susannchen."

Er griff nach meiner Hand und wollte mich zu sich ziehen. Ich zog zurück. Herbert hob seine Augenbrauen und schaute mir fragend ins Gesicht.

„Was ist los?"

Ich stand vom Sofa auf und ging in die Küche, um mir ein Glas Wasser zu holen. Jetzt war der Augenblick gekommen! Jetzt musste ich ihn zur Rede stellen. Das Glas brauchte ich, um mich an etwas zu klammern. Als ich mir das Wasser eingeschenkt hatte und mich umdrehte, sah ich, dass Herbert noch immer auf der Couch saß und verwundert nach mir blickte. Langsam ging ich auf ihn zu.

„Du elender Schuft", zischte ich leise. „Wie viele Jahre ging die Affäre mit Marie? Wie lange hast du mich schon betrogen, belogen, hintergangen?"

Mit jedem einzelnen Wort wurde ich lauter.

Herbert saß da und glotzte mich ungläubig an. Man hätte fast den Eindruck haben können, dass er die Welt nicht mehr verstand.

„Marie, ja, klar, eine freundliche, nette Kollegin. Hilfsbereit und immer zur Stelle, Tag und Nacht. Nicht wahr? Vor allem in der Nacht. Und sie ist lesbisch, na sicher! Das ich nicht lache! Aber sauber eingefädelt habt ihr das Ganze. Und ich dumme Kuh habe euch diese Lügen jahrelang abgekauft. Sag mal, wer von euch hatte die glänzende Idee mich dermaßen hinters Licht zu führen? Du oder sie?"

Ich redete mich in Rage, bis ich zu schreien begann.

„Tot, endlich ist sie tot! Jetzt kann sie in der Hölle verheiratete Männer vögeln."

Herbert war inzwischen aufgestanden und ging auf mich zu.

„Susanne, Susanne, was ist los mit dir? Ich hatte keine Affäre mit Marie. Wie kommst du auf eine solch dumme Idee? Susanne!"

Er kriegte meine Hände zu fassen und hielt mich fest. Ich wehrte mich.

„Ich habe in Paris alles gesehen!", schleuderte ich ihm ins Gesicht. „Die Netzstrümpfe, das Negligé, die Strapse, die Schuhe, die leere Champagnerflasche. Glaubst du, ich bin auf den Kopf gefallen? Ich wollte dich überraschen. Gelungen ist die Überraschung, ja nahezu perfekt!"

Ein Weinkrampf ließ meinen Körper beben. Herbert nahm mich in seine Arme. Kurz ließ ich mich darauf ein.

„Susanne, das ist ein großes Missverständnis."

„Ach ja, was genau habe ich missverstanden?", fragte ich zynisch, während mir die Tränen über die Wangen rollten.

„Warte, ich hole mir ein Wasser. Komm, wir setzen uns. Ich kann dir alles erklären."

Er drehte sich um und ging in Richtung Küche. Auf dem halben Weg blieb er abrupt stehen und drehte seinen Kopf zu mir. Seine Miene war finster und ungläubig zugleich.

„Du warst in Paris? Du warst in Paris, als Marie starb?"

Er machte noch mal kehrt und kam langsam, aber bedrohlich auf mich zu. Instinktiv spannte sich jeder einzelne Muskel in meinem Körper an. Als er nahe genug war, versetzte ich ihm einen gezielten Tritt in sein rechtes Knie, sodass er zu Boden ging. Meine linke Hand hob zum Kantenschlag an. Genau dorthin, wo ich auch Marie getroffen hatte.

XXXV

Langsam öffne ich die Tür zu Manuels Schlafzimmer. Mein Herz pocht so stark, dass ich meine, es würde jeden Moment zerspringen. Ich ahne, dass ich nun das Tor zu einem Geheimnis aufgestoßen habe.

Auf Zehenspitzen betrete ich den Raum. Er ist größer, als ich vermutet habe. Ein kreisrundes Bett, mit rotem Plüsch und Samt bezogen, steht mitten im Zimmer. Drei der vier Wände sind vollkommen verspiegelt, auch an der Decke über dem Bett hängt an vier Stahlseilen befestigt ein runder Spiegel. An der vierten Wand sind Haken befestigt, an denen Gegenstände hängen, die ich nur aus Filmen kenne. Ketten, Lederdress, Peitschen, Gerten. Alles scheint aus edler Qualität zu sein. Langsam gehe ich auf die Dinge zu und berühre sie. Das ist also Manuels Geheimnis. Er steht auf SM. Da ist es wohl nicht einfach, die geeignete Partnerin fürs Leben zu finden. Ich muss schlucken. Niemals wäre ich auf die Idee gekommen, dass hinter Manuels perfekter Fassade ein perverser Kerl steckt.

Eine der Spiegelwände entpuppt sich als Schrank. Neugierig öffne ich diesen. Mir stockt der Atem. Der Kasten ist voll mit Frauenbekleidung. Es sieht aus wie in einem Erotikshop. Dumpf erinnere ich mich an die Worte von Herberts Vater, dass Manuel als Kind gerne in Mädchenkleidern herumlief. Diese Vorliebe hat er wohl nie abgelegt.

Bedächtig öffne ich die zweite Schranktür. Sie ist unterteilt in vier Laden. Ich ziehe die oberste Lade heraus. Offenbar bewahrt Manuel hier Fotos und andere persönliche Dinge auf. Ein paar alte Aufnahmen liegen unsortiert darinnen. Sie zeigen ihn mit seiner Familie beim Wandern, beim Skifahren, zu Weihnachten, zu Ostern. Leise schiebe ich die Lade wieder zu und öffne die nächste. Diese ist voll mit Accessoires wie Krawatten, Stecktüchern, Fliegen, Gürteln. In der dritten Lade liegt ein wenig Schmuck. Einige billige und zwei teure Uhren kommen zum Vorschein, Ringe und ein paar Goldketten.

Mit zitternden Händen öffne ich schließlich die vierte und letzte Lade. Mir pocht der Puls an den Schläfen. Was nun zum Vorschein kommt, raubt mir fast den Atem. Zuoberst liegt ein Foto von Herbert und Manuel im Whirlpool. Beide sind nackt, doch die Stellung ist eindeutig. Jedes weitere Foto lässt mich tiefer und tiefer in Trauer versinken. Herbert und Manuel in seinem Bett, Herbert und Manuel in unserem Ehebett mit Champagnerflasche und Erdbeeren. Herbert und Manuel im Sadomaso-Kostüm. Herbert und Manuel in unserer Wohnung in Paris. Manuel in dem mir bekannten orangenen Negligé, in schwarzen Netzstrümpfen und orangenen Pumps.

Der Ohnmacht nahe setze ich mich auf das Bett. Mir fallen die Bilder aus den Händen, und ich beginne haltlos zu weinen. Nicht Marie war meine Nebenbuhlerin gewesen. Sie hatte umsonst sterben müssen!

Ich weiß nicht, wie lange ich schon dasitze, als ich plötzlich einen Luftzug spüre, der mich erschaudern lässt.

„Gefallen dir die Bilder, Susanne?"

Manuel steht in der Tür.

„Weißt du, Herbert und ich waren schon immer zusammen. Er brauchte aber eine Frau an seiner Seite. Sein Vater hätte es nicht verkraftet, wenn er hätte mit ansehen müssen, dass sein einziger Sohn auf Männer steht."

„Aber, aber warum ich?", stammle ich.

„Du? Du warst unbedarft, verliebt und die einzige Frau, die Herbert als solche akzeptiert hat. Vielleicht lag es an deiner sportlichen Figur oder auch an deinem burschikosen Auftreten."

„Herbert und ich wollten aber Kinder. Wir waren ein Paar, wir haben uns geliebt!", wende ich matt ein.

Ich fühle, wie ein Unbehagen von mir Besitz ergreift.

„Du vielleicht ihn, er dich nicht. Er hat dich gemocht und geschätzt. Liebe Susanne, was weißt denn du schon von Liebe? Du warst praktisch. Wieso musstest du auch nach Paris nachkommen? Alles hatte sich so gut ineinandergefügt. Jeder war glücklich. Und in ein, zwei Jahren hättest du ein Kind bekommen. Du hättest den Traum der perfekten Familie gelebt, und Herberts Eltern hätten ihr lang ersehntes Enkelkind in die Arme schließen können. Herbert hätte seinem Vater nie die Wahrheit über seine Neigung erklären müssen, denn das hätte der alte Herr nicht verkraftet. Das wussten wir beide."

„Nein, das ist nicht wahr", hauche ich.

Ich spüre, wie die ganze Farbe aus meinem Gesicht weicht.

„Doch, liebe Susanne. Das ist die ganze Wahrheit. Herbert und ich sind ein Paar, seit wir fünfzehn sind."

Kaum kann mich noch aufrechthalten. Meine Gedanken kreisen nur noch darum, wie ich aus diesem Raum verschwinden kann. Als ob Manuel erraten hätte, was ich denke, sagt er:

„Und, meine liebe Susanne: Falls du aus diesem Raum heil rauskommen solltest, glaube mir, du wirst nicht mehr ruhig schlafen können bis an das Ende deiner Tage. Ich weiß, dass du Herbert getötet hast, und noch mehr, ich weiß auch, dass du Marie getötet hast. Es muss in deiner Familie liegen, dass Frauen morden, nicht wahr?"

Dreckig grinst er mich an. Herbert hat ihm also auch mein Geheimnis verraten. Alles ist jetzt aus und vorbei.

„Marie, wie kommst du auf Marie? Ich war doch nicht in Paris, als sie starb.", versuche ich seinen verbalen Angriff abzuwehren.

„Doch, warst du", schnauzt er mich an.

Er nimmt seine rechte Hand aus seiner Jackentasche und zieht ein Halstuch hervor.

„Das, meine liebe Susanne, hast du vergessen, als du in Paris warst. Ich machte Herbert noch darauf aufmerksam, dass dieses Tuch, als ich an dem besagten Tag die Wohnung verlassen hatte, nicht in der Garderobe gelegen war. Er wollte mir nicht glauben. Als ich Herbert zu Maries Wohnung begleitete und sie auf dem Boden liegen sah, wusste ich, es war kein Treppensturz. Zu dieser Zeit konnte ich ihren Tod jedoch nicht einordnen. Erst als Herbert ein paar Tage darauf auf dieselbe Weise gestorben war, war mir klar, was du getan hattest. Das Warum hatte ich noch nicht ganz verstanden, aber weißt du, ich kann eins und eins zusammenzählen. Du hieltest Marie für die Geliebte von Herbert. So war es doch?"

Mich schauderte. Noch nie hatte ich mich so durchschaut, so nackt gefühlt.

„Nun zu dir, meine Liebe", sagte er kalt und gefühllos. „Niemand wird dich großartig vermissen. Dein Schmerz über Herberts Tod war so groß, dass du alles hinter dir gelassen hast. Die Konten sind leer, dein Reisepass weg, das Haus wird zum Verkauf angeboten werden. Herbert ist vorsichtig geworden, seit du ihm offenbart hattest, dass deine Mutter eine Mörderin war. Er ahnte, du würdest ihm sein Doppelleben nie verzeihen, solltest du es jemals herausfinden. Aus diesem Grund weihte er mich in alles ein."

Verdammt, was hat dieser Irre vor? Er will mich umbringen, verschwinden lassen. Mein Gehirn befiehlt meinen Muskeln, sich zu spannen. Ich sitze nun kerzengerade auf dem Bett und warte auf seinen Angriff. Aber nichts dergleichen geschieht. Manuel gibt den Weg frei und geht aus der Tür. Er deutet mit der Hand an, dass ich aufstehen und verschwinden solle. Langsam erhebe ich mich. Ich stecke meine Hände in die Hosentaschen, um ihm meine Furchtlosigkeit zu zeigen.

„Nein, nein. Hände aus dem Sack."

Manuel beobachtet mich genau.

„Sag mal, lernt man in Karatekursen, jemandem gezielt das Genick zu brechen, oder hast du geübt?"

Seine Augen sind schmal und funkeln bedrohlich.

„Er darf nicht am Leben bleiben", durchfährt es mich. „Er weiß zu viel, auch wenn er keine Beweise hat." Ich bewege mich auf die Tür zu. Er lässt mich nicht aus den Augen. Mit drei raschen Schritten bin ich bei der Eingangstür und will sie aufreißen. Sie ist versperrt. Sinnlos zerre ich am Drehknopf herum.

Dabei mache ich den größten Fehler meines Lebens. Ich drehe Manuel den Rücken zu. Er kommt von hinten, wirft das Tuch über meinen Kopf und zieht zu. Fester, fester, fester.

„Fahr zur Hölle, du Mörderin!", kreischt er.

Ich krächze nach Hilfe, dann beginne ich zu röcheln. Nach und nach wird mein Widerstand schwächer und ich gleite langsam zu Boden. Bevor ich das Bewusstsein verliere, höre ich von der Ferne Einsatzfahrzeuge herannahen.

Wie gut, dass ich mein Handy blind in der Hosentasche bedienen kann und Nathalies Nummer unter den Favoriten abgespeichert ist.

ENDE

Die Autorin

Francesca Gordoni, 1967 in der Steiermark gebo-
ren, arbeitete nach dem Abschluss des Colleges für
Wirtschaftsinformatik im Bankwesen und in einem
privaten Unternehmen in leitender Position. Zum
Schreiben kam sie laut eigenen Angaben, weil sie
ihrem Sohn ein Buch schenken wollte. „Gene einer
Mörderin" ist nach dem 2021 erschienenen Kriminalroman „Tod auf dem Isonzo" ihr zweites Buch.

novum ⬥ VERLAG FÜR NEUAUTOREN

Der Verlag

> *Wer aufhört*
> *besser zu werden,*
> *hat aufgehört*
> *gut zu sein!*

Basierend auf diesem Motto ist es dem novum Verlag
ein Anliegen, neue Manuskripte aufzuspüren, zu ver-
öffentlichen und deren Autoren langfristig zu fördern.
Mittlerweile gilt der 1997 gegründete und mehrfach
prämierte Verlag als Spezialist für Neuautoren in
Deutschland, Österreich und der Schweiz.

**Für jedes neue Manuskript wird innerhalb we-
niger Wochen eine kostenfreie, unverbindliche
Lektorats-Prüfung erstellt.**

Weitere Informationen zum Verlag und
seinen Büchern finden Sie im Internet unter:

www.novumverlag.com